Die drei !!!

Die drei !!!

Ach, wie gut, dass niemand weiß …

Das große Krimi-Märchenbuch mit den drei !!!

Erzählt von Anne Scheller, Ann-Katrin Heger, Jule Ambach, Kari Erlhoff und Kirsten Vogel

Mit Illustrationen von Andrea Jansen und Ina Biber

KOSMOS

Umschlaggestaltung: Nakischa Scheibe unter Verwendung von Illustrationen von Ina Biber (Gilching) und Silhouetten von shutterstock/KENG MERRY paper art (Bäume); shutterstock/Ann Baker (Pilze); shutterstock/Norbert9 (Hänsel & Gretel); shutterstock/KatarinaF (Frosch); creativmarket/Nicky Laatz (Vogel 1, Vogel 2); Freepik.com (Hexe, Wolf) und Vecteezy.com (Eule, Reh, Igel)
Innenillustrationen: Andrea Jansen

MIX
Papier aus verantwortungsvollen Quellen
FSC® C014138
FSC www.fsc.org

Gedruckt auf chlorfrei gebleichtem Papier

ISBN 978-3-440-17150-9
Redaktion: Franziska Latoska, Lea Hille, Annemarie Chiappetta
Layout und Satz: Nakischa Scheibe
Produktion: Verena Schmynec
Druck und Bindung: Finidr, s.r.o, Český Těšín
Printed in the Czech Republic / Imprimé en République tchèque

DAS
LIED DER
FRÖSCHE

Marie schlug die Augen auf. Warmer Wind streifte ihr Gesicht und verwehte die Reste ihres Traums.

»Wir sind gleich da.« Helmut Grevenbroich hatte das Autofenster geöffnet. Er steuerte den Wagen durch eine Landschaft aus Wiesen und Seen.

»Na, ausgeschlafen?«, fragte Franzi, die neben ihr saß.

»Fast«, murmelte Marie.

»Schaut mal aus dem Fenster!«, sagte Maries Vater. »Gleich müsste man das Schloss sehen können.« Er bog auf eine Kopfsteinpflaster-Straße ein und fuhr über die Kuppe eines Hügels.

Marie blickte zwischen den Vordersitzen hindurch auf ihr Reiseziel. Das kleine Schloss stand auf einer Anhöhe aus frisch gemähtem grünen Rasen. Mit seinem alten Gemäuer wirkte es beinahe wie eine Burg. Ringsherum war das Schloss von einem breiten Wassergraben umgeben. Als Marie zwei Minuten später ausstieg und sich streckte, roch sie den herrlichen Frühsommerduft, der hier so viel intensiver war als in der Stadt. Doch da lag auch noch etwas anderes in der Luft – ein Hauch von kaltem Moder. Irgendwo ganz in der Nähe bellte ein Hund, dann ein zweiter. Er klang nicht gerade vertrauenerweckend.

»Willkommen auf Schloss Unkenburg!« Ein blonder Mann kam ihnen mit ausladenden Schritten entgegen. Er wurde von zwei riesigen Irischen Wolfshunden begleitet.

»Heinrich!«, rief Maries Vater erfreut. Der eine Hund hob den Kopf und der andere machte einen Schritt vor. Doch der Mann gebot den riesigen Tieren, sich ruhig zu verhalten.
»Schön, dass du es tatsächlich geschafft hast.« Der Mann schüttelte Herrn Grevenbroich herzlich die Hand. »Ich wusste doch, dass ich dich mit den Theaterfestspielen am Schwanensee locken kann.«
»Wir freuen uns schon alle darauf«, sagte Marie.
Ihr Vater hatte die Karten für das Festival schon vor Monaten gekauft und seinen alten Freund Heinrich Freiherr von Unkenburg gefragt, ob sie während der Vorstellungen bei ihm

im Schloss wohnen durften. Schließlich lag die Unkenburg nur wenige Kilometer vom Theatergelände entfernt. Da der Rest der Familie Grevenbroich keine Zeit hatte, waren Maries Freundinnen Kim und Franzi als Verstärkung mitgekommen. Herr Grevenbroich stellte die Mädchen nun der Reihe nach vor.

Der Mann gab ihnen die Hand. Bei Marie blieb er staunend stehen. »Als ich dich das letzte Mal gesehen habe, warst du eine Erstklässlerin mit Zahnlücken und Einhorn-Haarreifen.«

»Es ist ja auch schon ein paar Jahre her«, sagte Marie.

Der Freiherr hatte sich dieser Zeit allerdings kaum verändert. Mit federnden Schritten führte er die Gäste über die Zugbrücke zum Schloss – gefolgt von den riesigen Wolfshunden.

»Das Schloss muss schon sehr alt sein«, sagte Kim, als sie das Eingangstor erreichten.

Herr von Unkenburg nickte. »Es stammt aus dem späten 15. Jahrhundert und wir entdecken immer wieder neue Geheimnisse.«

Bei diesem Wort horchte Kim auf. »Was für Geheimnisse denn?«

»Vor zwei Wochen hat ein Restaurator bei uns im Schloss einen rätselhaften Text entdeckt. Eine Inschrift, die unter einer Farbschicht auf der Rückseite eines Gemäldes versteckt war.«

»Darüber würde ich gerne mehr erfahren«, sagte Kim.

»Wenn du magst, kann ich gern gleich beim Essen die ganze Geschichte erzählen«, bot der Schlossherr an.
»Die Mädchen interessieren sich bestimmt auch für den geheimen Schacht«, sagte Herr Grevenbroich. Er wandte sich an die drei !!!. »Letztes Jahr wurde durch die lange Trockenheit ein Gang in einem Brunnen sichtbar.«
»Das stimmt.« Herr von Unkenburg blieb in der Eingangshalle stehen. »Es scheint sich um einen alten Fluchttunnel zu handeln. Leider ist er nach ein paar Metern nicht mehr zugänglich.«
»Schade!«, meinte Franzi. »Dann kann man den Gang wohl nicht erkunden.«
»Bewahre!« Eine junge Frau in einem marineblauen Kleid stöckelte ihnen entgegen. Ihre blonden Haare waren perfekt frisiert.
»Daphne«, sagte Herr von Unkenburg mit einem strahlenden Lächeln. »Darf ich dir meinen alten Freund Helmut vorstellen?«
»Daphne Sorcière«, sagte die elegante Frau und hielt Herrn Grevenbroich die Hand hin. Es sah so aus, als würde sie einen Handkuss erwarten. Herr Grevenbroich zog es jedoch vor, die Hand zu schütteln. »Heinrich hat mir schon viel von Ihnen erzählt. Wie ich hörte, wollen Sie im Spätsommer heiraten.«
»Ganz recht.« Die Frau lächelte kurz. Dann musterte sie die Mädchen. »Und ihr seid … äh …«
»Marie, Franzi und Kim«, sagte Marie schnell.

»Aha«, machte Daphne Sorcière uninteressiert. Die junge Frau war Marie nicht gerade sympathisch, aber Herr von Unkenburg sah seine Verlobte geradezu verzaubert an. Strahlend drückte er auf den Knopf neben einem Fahrstuhl. »Etwas zu modern, aber dafür praktisch. Meine Mutter wohnt nämlich bei uns. Sie ist nicht mehr gut zu Fuß und könnte unmöglich all die Treppenstufen bewältigen.«
Kim räusperte sich. »Dürfte ich vielleicht die Treppe nehmen? Ich bin ja noch ziemlich gut zu Fuß und ich … mag keine engen Räume.«
»Genau wie Daphne«, rief der Schlossherr. »Sie wird dich auf dem Weg nach oben begleiten.«

Eine halbe Stunde später saßen sie an einem großen Tisch in einem Saal. Warme Frühsommerluft wehte durch die großen Fenster herein und trug das Quaken von Fröschen bis zu ihnen herauf. Außer Herrn von Unkenburg und seiner Verlobten war nun auch die Mutter des Schlossherrn anwesend: Victoria, Freifrau von Unkenburg. Obwohl sie einen Stock zum Gehen benötigte, hielt sie sich kerzengerade. Sie begrüßte ihre Gäste freundlich und tauschte ein paar nette Worte mit allen aus. Als das Gespräch jedoch während der Vorspeise auf das Gemälde und die rätselhafte Inschrift kam, verfinsterte sich ihre Mine. »Salientia Anura von Unkenburg spukt seit fast zweihundert Jahren in diesem Haus, aber seit ihr Porträt von der Wand genommen wurde, ist ihr Geist unruhig geworden.«

Daphne gab einen genervten Laut von sich. Herr von Unkenburg legte seiner Mutter eine Hand auf den Arm. »Mutti, es gibt keine Geister.«

»Und wieso leuchtet es dann nachts in ihrem geliebten Brunnen?«, fragte die alte Dame energisch.

»Daphne und ich haben nichts gesehen.«

»Natürlich nicht. Ihr schlaft im Nordflügel. Da bekommt ihr nicht mit, was sich im Garten abspielt. Außerdem war es spät, sehr spät – in den klammen Stunden der Nacht.«

»Es war bestimmt nur ein Traum«, sagte Herr von Unkenburg beruhigend.

»Es war kein Traum«, gab die alte Dame zurück. »Ich sah aus dem Turmzimmer und der Brunnen hat geleuchtet. Und einmal wanderte eine Nebelgestalt mit einer Laterne zum wilden Garten. Doch ehe ich genau hinschauen konnte, war die Gestalt im Nebel der Wiesen verschwunden.«

»Das könnte ein Einbrecher gewesen sein«, sagte Daphne – nun auch angespannt.

»Wie kommst du darauf?«, fragte Herr von Unkenburg erstaunt.

»Die Haushälterin hat mir heute gebeichtet, dass Lebensmittel aus der Speisekammer fehlen«, sagte Daphne.

»Wir haben hier keine Diebe«, sagte die alte Dame energisch. »Es ist der rastlose Geist von Salientia. Sie weint mit den Fröschen.«

»Die Viecher weinen nicht, sie gehen einem mit ihrem Gequake auf den Geist«, korrigierte Daphne.

Herr von Unkenburg schüttelte den Kopf. »Ich glaube weder an Geister noch an Diebe, die in unsere Speisekammer einbrechen. Die Hunde hätten angeschlagen. Sie sind sehr wachsam.«

»Eckbert glaubt auch an Salientias Geist«, sagte die alte Freifrau nun beinahe störrisch. »Er behauptet, dass der Nachtwind ihr Klagelied bis zu seinem Zimmer hinaufweht.«

»Wer ist Eckbert?«, wollte Kim wissen.

»Das ist unser Butler«, sagte Herr von Unkenburg. »Er scheint in letzter Zeit etwas abergläubisch zu sein. Aber unsere Haushälterin redet ihm gut zu. Nicht, dass er am Ende noch kündigt.«

»Oft stecken hinter seltsamen Vorkommnissen ganz normale Erklärungen«, sagte Kim. »Manchmal auch Anzeichen für ein Verbrechen.«

»Vielleicht können wir helfen«, bot nun Franzi an.

»Wir arbeiten erfolgreich als Detektivinnen.« Kim griff in ihre Hosentasche und zückte die Visitenkarte der drei !!!. Gerade wollte sie die Karte überreichen, als ein Windstoß durch den Raum fegte. Irgendwo im Schloss knallte geräuschvoll eine Tür zu. Die Glasprismen an den Leuchtern klirrten und das weiße Tischtuch bauschte sich auf. Die Karte wirbelte durch die Luft und wurde direkt aus dem offenen Fenster in den Schlosspark geweht.

»Salientia widersetzt sich.« Die alte Frau von Unkenburg seufzte.

»Verzeihung.« Ein Mann im dunkelgrauen Anzug betrat den Saal. »Ich habe unten gelüftet und dabei wohl versehentlich für Durchzug gesorgt.«

»Kein Problem, Eckbert. Das kann vorkommen«, sagte Herr von Unkenburg matt. Er wandte sich an seine Mutter. »Da hast du es, Mutti. Es gab eine natürliche Erklärung. Eckbert hat es mit dem Lüften übertrieben.«

Kim suchte unterdessen nach einer zweiten Karte, fand jedoch keine. Auch Franzi und Marie konnten nicht aushelfen. Ihre Karten lagen in ihren Rucksäcken – oben im Zimmer der Mädchen.

»Wir würden Ihnen jedenfalls gerne unsere Dienste als Detektivinnen anbieten«, kam Kim auf das Gespräch von eben zurück.

»Na, da sage ich doch nicht Nein.« Herr von Unkenburg lachte auf. »Mädchen, ihr seid engagiert.«

Eine Stunde später saßen die Mädchen an dem Weiher vor dem Schloss. Über den Seerosen tanzten kleine Mücken, während sich weiße Wattewolken im dunklen Wasser spiegelten. Kim war ganz in ihre Notizen versunken. »Wir haben es bei unserem Fall mit seltsamen Lichtern, verschwundenen Lebensmitteln und einer nächtlichen Erscheinung im Garten zu tun. Noch ist nicht geklärt, ob diese drei Vorkommnisse miteinander in Verbindung stehen. Die Lebensmittel könnte sich ein Tier geschnappt haben. Die Gestalt im Park war hingegen menschlich.«

»Oder ein Geist«, murmelte Marie leise und schaute ihre beiden Freundinnen ängstlich an.

»Freifrau von Unkenburg schwört darauf, dass die Lichter erst auftauchten, als das Bild von der Wand genommen wurde«, sagte Franzi. Sie hatte sich nach dem Essen mit der alten Dame unterhalten.

»Ich konnte eben noch mit der Haushälterin sprechen«, sagte Marie. »Sie heißt Hedwig Gelderlein und arbeitet seit zehn Jahren im Schloss. Frau Gelderlein glaubt nicht an Geister und sagt, dass sie hier noch nie etwas Mysteriöses oder Übernatürliches erlebt hat. Dafür bestätigt sie das Fehlen von Lebensmitteln.«

»Gut zu wissen.« Kim machte sich erneut Notizen. »Der Freiherr sagt, dass es im Schloss eine Alarmanlage gibt. Nur wer den Code kennt und einen Schlüssel besitzt, kann ins Schloss und damit auch in die Küche.«

»Und dort würden dann ja auch die beiden Hunde anschlagen«, fügte Franzi hinzu. »Das spricht absolut gegen einen Einbrecher.«

»Es ist natürlich möglich, dass jemand aus dem Schloss hinter den seltsamen Ereignissen steckt«, meinte Kim. »Ich habe mich erkundigt. Letzte Woche waren Gärtner hier und vorgestern die Reinigungskräfte aus der Kleinstadt. Im Schloss wohnen nur Haushälterin Gelderlein, Eckbert, der Butler, und natürlich die von Unkenburgs: Heinrich und seine Mutter. Alle anderen Familienmitglieder sind entweder verstorben oder vor Jahren ausgezogen.«

»Dafür gibt es jetzt Daphne – die Verlobte«, sagte Marie. »Perfekt gestylt, aber kalt wie ein Drei-Sterne-Eisfach.«

Franzi beugte sich vor, da sie einen kleinen Frosch entdeckt hatte. »Wo fangen wir mit unseren Ermittlungen an?«

»Na, eindeutig beim Brunnen«, sagte Kim entschlossen. »Das Gemälde ist ja leider beim Restaurator.«

»Er ist auf meine Hand gehüpft!« Franzi starrte entzückt auf den kleinen Frosch hinab.

»Küss ihn«, sagte Marie scherzhaft. »Das ist bestimmt ein verzauberter Prinz!« Doch Franzi setzte das Tier bereits wieder vorsichtig ab. Es hüpfte schnell davon und sprang mit einem Platsch in den Weiher.

Im Schacht sieht man die Überreste von Eisenstufen«, sagte Herr von Unkenburg wenig später. Er zeigte den Mädchen den Brunnen im Garten. Dazu hatte er das Schutzgitter aufgeschlossen und leuchtete nun mit einer Stablampe in die Tiefe hinab. »Man kann das Einstiegsloch ganz gut erkennen. Früher stand das Wasser höher. Aber die letzten Sommer waren so heiß, dass viel verdunstet ist.«
Marie beugte sich langsam vor und spähte in die Tiefe. Der

Lufthauch, der ihr entgegenwehte war kühl und roch leicht nach Moder. Ein schwarzes Loch klaffte etwa ein Meter über dem dunklen Wasserspiegel.
»Vorsicht!«, mahnte Herr von Unkenburg.
»Unheimlich«, fand Franzi. »Wo der Gang wohl hinführt?«
»Fluchttunnel in Brunnen waren zur Bauzeit des Schlosses durchaus nicht ungewöhnlich«, erklärte der Schlossherr. »Es könnte sein, dass dieser Brunnen früher mit anderen Brunnen verbunden war. Jetzt gibt es auf unserem Gelände aber nur noch zwei davon. In beiden befinden sich eingestürzte Fluchtwege.«
»Ich wüsste gern, was auf der Rückseite des Gemäldes stand – unter der Farbschicht«, bat Kim.
Der Schlossherr kratzte sich nachdenklich am Kinn. »Es ist wohl eine echte Botschaft von Salientia von Unkenburg. Ich habe Fotos von dem Text erhalten. Sie liegen oben in meinem Büro. Ihr könnt sie gerne anschauen.«
»Dann machen wir uns doch gleich mal ans Enträtseln!«, sagte Franzi unternehmungslustig.
Wie sich jedoch herausstellte, war die Schrift kaum zu entziffern. Die schnörkeligen Buchstaben waren zwar ausgesprochen schön, aber winzig.
»Fachleute haben den Text bereits ausgewertet. Er handelt von Salientias verschollenen Prinzen.«

»Können Sie uns mehr davon erzählen?«, fragte Marie.
»Dein Vater und ich treffen uns gleich am Schwanensee mit ein paar Bekannten«, sagte der Schlossherr. »Daher muss ich euch leider auf unsere Familienchronik und die Berichte der Fachleute verweisen. Unsere Bibliothek befindet sich gleich dort drüben.« Er wies auf eine Tapetentür, die nur angelehnt war. »Ihr könnt euch dort gerne ausgiebig umsehen. Und wenn ihr Fragen habt: Meine Verlobte wird hierbleiben und Frau Gelderlein steht euch jederzeit zur Verfügung.«
Franzi spähte aus dem Fenster in den Garten. »Wollen wir bei dem schönen Wetter denn wirklich in der Bibliothek sitzen?«
»Wir können uns gerne aufteilen«, schlug Kim vor. »Ihr untersucht den zweiten Brunnen und ich sehe mir die Unterlagen an.«

Als Marie und Franzi über den Rasen zum hinteren Teil des Schlossgeländes wanderten, mischten sich seltsame Töne in das Quaken der Frösche und das Zirpen der ersten Grillen. Franzi blieb stehen und lauschte. Auch Marie hielt im Gehen inne. Sie konnte die Geräusche nicht einordnen. Das merkwürdige Konzert erinnerte zugleich an Flöten und Eulenrufe, aber auch an einen traurigen Gesang.

»Das kommt von dort drüben.« Franzi zeigte auf das Gebiet hinter dem Weiher des Schlossgartens. Die Mädchen setzten sich wieder in Bewegung. Ihr Weg führte sie unter hochgewachsenen Buchen hindurch zu einer wilden Wiese. Ein Trampelpfad führte dort zu einem weiteren Teich. Es war ein verwunschener Ort, versteckt zwischen hohem Schilf und Sumpfblumen. Dahinter begann ein dunkler Wald. Mit jedem Schritt wurden die Töne lauter. Marie fand, dass sie unwirklich klangen. So, als gehörten sie nicht in diese Welt. Doch Franzi hatte die Quelle der Geräusche entdeckt. »Es sind Frösche! Nein, warte!« Sie bückte sich, als sie das Ufer erreichte. »Es sind Kröten.«

»Sie klingen so merkwürdig«, gab Marie zu.

»Ja, nicht?« Franzi strahlte und griff in ihre Tasche. »Das muss ich unbedingt für meinen Papa aufnehmen. Er interessiert sich sehr für Amphibien.«

»Mach das.« Marie sah sich um. Schmetterlinge und andere Insekten schwirrten durch die Luft und genossen die warmen Strahlen der Sonne.

»So ein Mist«, fluchte Franzi. Sie sprang auf, was einige Kröten dazu veranlasste, die Flucht ins tiefere Wasser anzutreten. »Mein Handy liegt im Schloss. Wie konnte ich das nur vergessen?«

»Ich trage meins immer bei mir«, sagte Marie, aber ihre Freundin hörte ihr nicht zu.
»Pass auf, ich laufe schnell ins Schloss und hole das Handy. Dann können wir hier weitermachen.«
»Dir fehlt wohl deine tägliche Joggingeinheit.« Marie grinste. »Aber pass bitte auf die Hunde auf.«
»Keine Sorge. Die sind bei Frau von Unkenburg im Turmzimmer.« Schon düste Franzi davon.
Marie schlenderte langsam weiter. Irgendwo am Waldrand knackte es im Unterholz. Mit jedem Schritt wuchs in Marie das Gefühl, beobachtet zu werden. Versteckte sich hier jemand?
Die Sonne verschwand hinter einer großen dunklen Wolke. Marie fröstelte. War das der Einbrecher? Oder nur ein Fuchs? Oder gar ein Geist? Marie ging nun schneller. Brombeersträucher und Efeuranken überwucherten die niedrigen Mauerreste eines zerfallenen Gebäudes. Davor stand ein Brunnen aus Feldsteinen. Der zweite Brunnen! Marie zögerte. Es war leichtsinnig, sich zu nah an die Ruine heranzuwagen. Gleichzeitig wollte sie aber wenigstens einen Blick in den Brunnen werfen. Er zog sie geradezu magisch an. Marie entdeckte eine rostige Kette, die an einer Kurbel hing. Neugierig blieb sie am Brunnenrand stehen und beugte sich vor. Ein kühler Hauch stieg aus der Tiefe zu ihr empor.
Der feuchte Modergeruch war hier noch stärker als im Keller des Schlosses. Marie blinzelte. In der

Dunkelheit des Schachtes konnte sie kaum etwas erkennen. Irgendwo ganz weit unten schimmerte es. Marie hob einen kleinen Kieselstein auf und warf ihn hinab. Es platschte leise. Marie lehnte sich auf den Brunnenrand, um besser sehen zu können. Dann geschah alles so schnell, dass sie die Ereignisse kaum mitbekam. Ein Stein nach dem anderen brach aus der Brunnenwand heraus und stürzte in den Schacht. Marie verlor das Gleichgewicht. Sie ruderte für ein paar Sekunden mit den Armen in der Luft, um dann kopfüber zwischen Steinen, Kieseln und Dreck in die Dunkelheit zu stürzen. Ihr Denken war wie ausgelöscht. Stattdessen handelte ihr Körper mecha-

nisch. Ihre Hände packten die Kette, die mit einem rasselnden Geräusch nachgab. Ein Stück weit sauste Marie noch in die Tiefe, dann wurde sie von der Eisenkette aufgefangen. Ein Ruck ging durch ihren Körper. Doch ihre Hände hielten das rostige Eisen fest. Marie keuchte. Ihr Herz raste. In ihren Ohren rauschte es unnatürlich laut. »Ganz ruhig«, sagte sie zu sich selbst. Ihre Stimme war kaum mehr als ein Röcheln. Langsam schlang sie die Beine um die Kette. Ihre Arme schmerzten bereits und ihre Handflächen brannten. Franzi wäre einfach an der Kette hochgeklettert, aber schaffte Marie das auch? Sie sah nach oben. Die Kurbel, an der die Brunnenkette befestigt war, knarrte bedrohlich. Wenn sie brach, würde Marie doch noch in die Tiefe stürzen. Es half nichts, sie brauchte Unterstützung.

»Fr…a…nz…i!« Marie versuchte zu rufen, aber es klappte erst beim zweiten Anlauf. »Franzi! Hilfe!«

Marie hörte etwas. Das Geräusch kam jedoch nicht von oben, sondern von unten! Etwas bewegte sich im Brunnenschacht. Marie wurde schwindelig. Ihr Hals wurde ganz eng. Vor Angst vergaß sie sogar ihre Schmerzen. Aus dem Brunnenschacht erschien ein Wesen und kletterte an der Steinwand zu ihr hinauf! Marie unterdrückte ein Wimmern. Das Wesen hatte menschliche Züge. Es sah aus wie ein Elf – mit langen, weißen Haaren. Das blasse Gesicht mit den schwarzen Augen war auf sie gerichtet.

»Halte durch. Ich helfe dir.«

Der Elf sprach mit ihr und wollte ihr sogar helfen! Aber Marie konnte vor lauter Angst und Anstrengung nicht antworten. Das Wesen war nun auf einer Höhe mit ihr. Es packte Marie und zog sie zu sich.

»Hier sind Tritte eingebaut. Kannst du einen erreichen?«

Marie wollte die rettende Kette auf keinen Fall loslassen.

»Direkt vor dir, schau mal. Keine Sorge. Ich helfe dir!« Die Stimme war leise, aber eindringlich.

Im Zwielicht des Brunnens entdeckte Marie tatsächlich einen Bügel aus Metall. Jetzt konnte sie auch sehen, dass es überall Vorsprünge aus Felsen und Steinen gab. Dazwischen ragten Wurzelreste und Eisenbügel in den Schacht hinein. Mit etwas Mut war es möglich, die Wand wieder hinaufzuklettern. Man durfte nur nicht nach unten schauen. Sie atmete einmal tief ein, dann griff sie nach dem Tritt. Das Wesen stützte sie. »Und jetzt nach oben! Ich bin direkt hinter dir.«

Marie verdrängte die Angst. Es gab nur noch den Weg aus dem Brunnen. Stück für Stück arbeitete sie sich hinauf. Schließlich kletterte sie über den eingestürzten Brunnenrand ins Freie. Sie robbte auf allen vieren ein Stück, dann ließ sie sich ins Gras fallen. Jetzt erst traten Tränen in ihre Augen.

»Der Brunnen ist uralt. Es war gefährlich, sich auf den Rand zu stützen«, sagte das Wesen.

Marie drehte langsam den Kopf. Erstaunt stellte sie fest, dass ihr Retter kein Brunnengeist war, sondern ein Junge. Sein

Alter war schwer zu schätzen, aber Marie vermutete, dass er zwei oder drei Jahre älter war als sie. Er war hochgewachsen und schlank und trug ein schwarzes Hemd zu dunklen Hosen. Sein glattes, weißblondes Haar – das er lose zu einem langen Zopf gebunden hatte – bildete einen auffälligen Kontrast zu seinen dunklen Augenbrauen. Er sah ausgesprochen gut aus, wäre da nicht der spöttische Zug um seinen Mund gewesen.

»Danke«, sagte Marie matt.

»Gern geschehen. Für heute kann ich dann wohl die Rettung einer Prinzessin auf meiner To-do-Liste abhaken.« Der Junge schmunzelte.

»Normalerweise muss ich nicht gerettet werden.« Marie richtete sich auf. »Ich hoffe, du willst als Dank jetzt nicht von meinem Tellerchen essen und aus meinem Becherchen trinken.«

»Nun, ich habe nicht vor, in deinem Bettchen zu schlafen«, sagte der Junge. »Aber für etwas Essen wäre ich dir dankbar. Und bitte erwähne im Schloss nicht, dass du mich gesehen hast.«

Marie sah ihn misstrauisch an. »Hast du im Schloss Lebensmittel geklaut?«

Das »Nein« kam eindeutig zu spät und weckte Maries Misstrauen. »Nenn mir einen guten Grund, dich nicht im Schloss zu verpfeifen.« Marie hatte entdeckt, dass Franzi beim Teich angekommen war. Jetzt fühlte sie sich wieder etwas stärker, auch wenn ihre Knie noch weich waren.

»Ich bin kein Einbrecher«, sagte der Junge ernst. Die Strahlen der Sonne leuchteten hinter ihm durch die Blätter einer Buche und umrahmten seinen Kopf wie eine goldene Krone. »Aber ich muss ein echtes Verbrechen verhindern. Mehr kann ich dir nicht erzählen.«

»Aber–«, begann Marie, doch da hatte der Junge Franzi erblickt und verschwand mit einem Satz im Unterholz.

»Warum habt ihr ihn nicht verfolgt?«, fragte Kim, als sich die drei !!! kurz darauf auf ihrem Zimmer im Schloss trafen.

»Der merkwürdige Typ war schon weg, als ich beim Brunnen ankam«, verteidigte sich Franzi. »Und Marie war fix und fertig.«

»Das kann ich verstehen«, sagte Kim mitfühlend. »Immerhin haben wir einen Teil des Falls gelöst. Ich denke sogar, dass ich weiß, mit wem wir es zu tun haben.«

»Echt?«, fragte Marie verblüfft.

»Im Arbeitszimmer des Schlossherrn stehen mehrere Fotos von einem schlanken, blonden Jungen mit langen Haaren. Etwa fünfzehn Jahre alt, mit dunklen Augen«, erklärte Kim.

»Aber natürlich«, sagte Marie. »Herr von Unkenburg hat einen Sohn. Ich habe ihn nie getroffen, aber ich glaube, er hat bis vor drei oder vier Jahren hier gewohnt. Nach

der Scheidung seiner Eltern ist er mit seiner Mutter weggezogen.«
»Ein Sohn«, wiederholte Franzi. »Den kennen die Hunde natürlich gut – was wiederum erklärt, weswegen sie nicht angeschlagen haben.«
»Einen Hausschlüssel könnte er auch haben«, überlegte Marie. »Und bestimmt kennt er den Code der Alarmanlage – sofern der nicht regelmäßig ausgetauscht wird.«
»Vermutlich«, sagte Kim. »Aber findet ihr es nicht merkwürdig, dass der Junge heimlich im Brunnen sitzt, statt im Schloss zu wohnen?«
»Und ob«, bekräftigte Franzi.
»Hast du denn in der Zwischenzeit etwas herausgefunden?«, wollte Marie von Kim wissen.
Kim nickte und klappte ihr Notizbuch auf. »Salientia Anura von Unkenburg wurde 1782 geboren. Ein Prinz machte ihr den Hof und Salientia verliebte sich in ihn. Es kam jedoch nie zur Hochzeit, da der Prinz eine Reise ohne Wiederkehr antrat. Sein Schiff galt nach einem Sturm als verschollen und Salientia blieb mit gebrochenem Herzen zurück. Ihr Vater wurde schließlich ungeduldig und gab sie einem Grafen zur Frau.«

»Die Arme«, sagte Marie mitfühlend. »Erst verschwindet ihr Liebster und dann wird sie einfach verheiratet.«
»Die Legende besagt, dass sie jeden Abend am Brunnen saß

und den Fröschen ihr Leid klagte. Die Frösche sind nämlich das Wappentier der von Unkenburgs.«

»Wohl eher die Unken«, korrigierte Franzi, die sich besonders gut mit Tieren auskannte. »Genau wie Frösche und Kröten gehören Unken zur Ordnung der Froschlurche.«

»Stopp! Das reicht an Bio-Wissen«, fand Marie. Sie wollte lieber hören, was man sich über Salientia erzählte.

»Ihr Porträt zeigt sie mit einer goldenen Kugel am Brunnen. Der Prinz hatte sie ihr vor seinem Abschied geschenkt, da die Kugel ihn an die strahlende Sonne erinnerte.«

»Sehr romantisch«, seufzte Marie. »Aber auch tragisch.«

»Total.« Kim nickte. »Die Kugel ist genauso verschollen wie der Prinz. Es gab nun über 200 Jahre lang nicht die geringste Spur. Aber dann wurde die Inschrift auf dem Gemälde freigelegt. Laut Gutachten ist es Salientias Handschrift.«

Franzi streckte sich auf dem breiten Bett aus. »Und was bedeutet der Text nun?«

»Moment.« Kim beugte sich über ihr Notizheft und las vor:

»Die Träne küsst, was du gegeben;
der Abschied lässt mein Herz erbeben.
Die Sonne versinkt im finsteren Grund
am Siebendbrunnen, im tiefen Schlund.
Die Unke klagt, der Frosch bewacht
dein Licht in meiner dunklen Nacht.
Sie singen für mich vom verlorenen Glück,
denn nur im Traum kehrst du zurück.«

»Puh«, machte Franzi. »Die hatte wirklich Liebeskummer.«
»Leider habe ich nicht mehr viel über ihr Leben mit dem Grafen erfahren«, gestand Kim. »Die Chronik berichtet nach ihrem Wegzug deutlich mehr über Salientias Bruder und dessen Nachkommen, die hier auf dem Schloss gelebt haben.«
»Hoffentlich war der Graf ein guter Ehemann.« Marie seufzte.
»Ich glaube, im Text wird auf die Kugel angespielt«, sagte Kim. »›Was du gegeben‹ könnte nämlich auf ein Geschenk hindeuten. Und die versinkende Sonne ist ebenfalls die Kugel, die in den Brunnen fällt.«
»In den Siebendbrunnen«, sagte Marie. »Zu dumm nur, dass es hier keine sieben Brunnen gibt.«
»In der Bibliothek habe ich eine alte Karte vom Schlossgelände gefunden und sie abfotografiert«, berichtete Kim. Sie hielt ihren Freundinnen das Handy hin. »So sah es hier um das Jahr 1800 aus.«
»Ich sehe nur zwei Brunnen.« Franzi beugte sich vor und vergrößerte die Karte. »Den Brunnen am Rosengarten und den am … Gesindeweiher – hinten bei den Ruinen.«
Marie sah nun auch nachdenklich auf die Karte. »Könnte es sein, dass ein Geheimgang in einem der Brunnen gemeint ist?«
»Die Brunnengänge sind doch angeblich alle eingestürzt«, sagte Kim zweifelnd.
Marie stand auf und ging zum Fenster. »Hier drinnen lösen wir den Fall nicht.«

»Willst du jetzt da raus?«, fragte Kim zweifelnd. »Was ist, wenn der Brunnen-Elf wieder auftaucht?«

»Ja genau«, meinte Franzi. »Selbst wenn er der Sohn von Herrn von Unkenburg ist, bleibt er trotzdem sehr seltsam.«

Marie drehte sich zu ihren Freundinnen um. »Wir sind zu dritt! Außerdem haben wir schon ganz andere Situationen gemeistert.«

»Das stimmt nun auch wieder.« Kim schnappte sich ihre Taschenlampe. »Aber wir sagen vorher dem Freiherrn Bescheid.«

»Warum das denn?«, fragte Marie stirnrunzelnd. »Machst du dir solche Sorgen, dass uns etwas passieren könnte?«

»Etwas«, gab Kim zu. »Allerdings geht es mir eher um die Hunde. Es wird bald dunkel und ich möchte nicht, dass die uns für Einbrecher halten.«

Der nahende Abend kühlte die Wiesen ab und brachte die Vögel allmählich zur Ruhe. Die Frösche legten sich jetzt erst richtig ins Zeug. Marie trug einen Leinenbeutel über der Schulter. Darin befanden sind Obst, Müsliriegel und ein Getränk aus ihrem

Reise-Proviant. Sie war dem Sohn des Freiherrn schließlich Speis und Trank schuldig.

»Wo ist nun dein elfenhaariger Brunnen-Prinz?«, kicherte Kim leise.

»Vielleicht wohnt er dort unten im Schacht?«, murmelte Franzi und deutete auf den zerfallenen Brunnenrand.

»Ich glaube nicht.« Marie sah sich um. »Er ist im Wäldchen verschwunden.«

Im Wald war es bereits dunkel. Nur wenige rötliche Lichtflecken drangen durch die dichten Äste. Kim sah sich mit ihrer Taschenlampe um. An einer Stelle waren Wildkräuter und Brennnesseln platt getreten und einzelne Ranken abgeknickt. »Jemand ist erst vor Kurzem hier entlanggegangen«, schlussfolgerte sie.

Als die Mädchen wenig später ein Dickicht umrundeten, streifte der Strahl von Franzis Taschenlampe ein grünes Zelt. Mit wenigen Schritten war sie am Ziel. Sie gab ihren Freundinnen ein Signal, sich bereitzuhalten. Marie zückte rasch ihr Handy – für den Fall, dass sie einen Notruf absetzen mussten. Dann riss Franzi den Reißverschluss auf. »Überraschung!«

»Was?«, hörte Marie eine überraschte Stimme.

»Du bist überführt, Freiherr von Unkenburg junior! Komm schon raus.«

Im Licht von mehreren Taschenlampen kletterte der Junge aus dem Zelt. Sein langes, helles Haar fiel ihm lose ins Gesicht. Er wirkte noch blasser als am Abend. »Was wollt ihr von mir?«

»Wir wollen wissen, was du hier treibst«, sagte Franzi vorwurfsvoll. »Es ist nicht gerade die feine adelige Art, sich im Wald zu verstecken.«

»Es ging nicht anders.« Der Junge sah betrübt aus.

»Das verstehe ich nicht. Du bist doch der Sohn des Freiherrn«, warf Franzi ein.

»Das ist richtig. Ich bin Frederick von Unkenburg und ich habe sogar ein eigenes Zimmer im Schloss. Aber seit Daphne dort wohnt, ist nichts mehr wie früher.«

»Ihr versteht euch nicht besonders gut?«, fragte Marie vorsichtig.

»Sie kann mich nicht leiden«, sagte Frederick verbittert. »Und wenn sie erst einmal meine Stiefmutter ist, wird sie bestimmt persönlich dafür sorgen, dass ich meine Ferien in Zukunft woanders verbringe.«

»Warum bist du denn trotzdem gekommen?«, fragte Kim.

»Ich will Daphne überführen!«, sagte Frederick entschlossen. »Großmutter hat mich ganz aufgelöst angerufen, nachdem sie nachts seltsame Dinge beobachtet hat. Angeblich spukt es im Schloss. Aber ich glaube nicht daran.«

»Wir denken auch, dass ein Mensch dahintersteckt«, sagte Marie.

»Es ist Daphne«, presste Frederick hervor. »Anders kann es nicht sein. Sie ist auf das Geld meines Vaters aus. Und jetzt hat sie Wind von unserem Familienschatz bekommen und sucht in den Brunnen danach.«

»Hm«, machte Kim. »Vielleicht bist du es ja, der nach dem Schatz sucht. Du warst schließlich auch im Brunnen.«

»Ich habe ein Alibi.« Frederick hob abwehrend die Hände. »Als die ganze Spukgeschichte losging, war ich bei meiner Mutter in Berlin. Ich hatte doch bis gestern Mittag Schule. Gleich danach bin ich mit Bus und Bahn hergekommen.«

»Und was hast du im Brunnen gemacht?«, wollte Marie wissen.

»Ich wollte den Tunnel überprüfen und nachsehen, ob dort jemand gegraben hat.«

»Und?«

Frederick schüttelte den Kopf. »Fehlanzeige. Der Gang ist bereits nach ein paar Schritten komplett verschüttet und es gibt keine Spuren von Räumungsarbeiten.«

Kim leuchtete den Jungen erneut an, wie bei einem Verhör. »Woher weißt du eigentlich von dem Schatz?«

»Der Schatz ist eine alte Legende.« Frederick hob die Hände vor die Augen, um sich vor Kims Lichtkegel zu schützen. »Die berühmte goldene Kugel von Salientia wurde schon oft gesucht. Aber es gab bislang kaum Hinweise. Das ist jetzt anders.«

»Wir wissen davon«, unterbrach ihn Franzi. »Hast du schon mal überlegt, dass vielleicht der Restaurator nach der Kugel sucht? Der kennt den Text ja auch.«

»Schon, aber dann hätten die Hunde doch bestimmt angeschlagen«, warf Frederick ein. »Zumindest bei dem Brunnen, der direkt am Schloss liegt. Die Hunde sind sehr wachsam.«

»Was wiederum dafürspricht, dass Daphne hinter dem Licht im Brunnen steckt«, sagte Kim nachdenklich.

»Daphne ist definitiv nur auf Vaters Geld und den Titel aus. Großmutter und ich sind für sie nur lästige Hindernisse.« Frederick ließ den Kopf hängen.

»Du musst unbedingt mit deinem Vater sprechen«, sagt Marie eindringlich.

»Erst, wenn ich diese Frau auf frischer Tat ertappt habe«, antwortete Frederick.

»Aber jetzt ist sie gewarnt«, fiel es Marie siedend heiß ein. »Wir haben eben noch mit deinem Vater gesprochen und gesagt, dass wir hier draußen ermitteln. Daphne kommandierte im Flur den Butler herum, hörte aber auf, als ich den Brunnen erwähnte.«

»Zu dumm«, entfuhr es Franzi. »Dann wird sie heute Nacht garantiert nichts Verdächtiges tun.«

»Aber vielleicht morgen«, überlegte Frederick. »Großmutter hat mir erzählt, dass ihr alle zu den Theaterfestspielen fahrt.«

»Wir sollten Daphne eine Falle stellen«, schlug Marie vor.

»Gute Idee!«, kam es von Kim. »Und in der Zwischenzeit suchen wir nach dem Schatz.«

»Sagt bloß, ihr werdet aus der Inschrift schlau«, murmelte Frederick.

»Wir müssen einen siebten Brunnen suchen.«

»Den gibt es hier aber nicht.« Frederick zog die Achseln hoch. »Wir haben nur zwei Brunnen.«

»Das war zu Salientias Zeit leider auch nicht anders«, gab Kim zu. »Aber welchen Ort hat sie dann in ihrem Gedicht gemeint?«

»Das Gedicht klingt romantisch«, sagte Marie.

»Klar. Sie war ja auch unglücklich verliebt«, sagte Franzi ungeduldig.

»Nein«, widersprach Marie. »Das meine ich nicht. Ich meine, dass es so klingt, als käme es aus der Zeit der Romantik. Wir hatten das gerade erst in der Schule.«

»Stimmt«, bemerkte Frederick. »Die romantische Lyrik war um 1800 gerade voll im Kommen.«

»In diesen Gedichten geht es um Vergänglichkeit, um Natur und Ruinen, Sehnsüchte, Nächte und geheimnisvolle Orte«, fuhr Marie fort. »Vielleicht gab es zu Salientias Zeit einen versteckten, mystischen Ort in der Natur. Ein Ort, an den sie sich in ihrer Sehnsucht und Trauer zurückziehen konnte. Zum Beispiel in die Ruine am Brunnen.«

»Wohl eher nicht«, wandte Frederick ein. »Das war das alte Gesindehaus für die Knechte und Mägde. Es ist erst in den 50er Jahren abgerissen worden. Aber nicht weit von hier gab es den sogenannten weißen Turm, von dem heute nur noch ein paar Steine übrig sind.«

Kim blickte auf die Karte, die sie abfotografiert hatte. »Der Turm ist auf dem Plan aus Salientias Jugendzeit schon nicht mehr eingezeichnet. Dann könnte das eine Spur sein!«

»Der weiße Turm ist schon vor fünfhundert Jahren eingestürzt – glaube ich zumindest. Ich führe euch hin«, bot Frederick an. Das Angebot nahmen die drei !!! gern an und so liefen sie durch das rötliche Zwielicht bis zu einer uralten Buche, an deren Fuß ein paar helle Steine aus dem Boden ragten. Sie waren mit Moos bewachsen. »Alte Steine, aber kein Teich.«, sagte Frederick.
»Denk an Mystik und Vergänglichkeit«, erinnerte ihn Marie. »Ich wette, dass Salientia einen Ort wählte, der daran erinnert, dass nichts von Dauer ist. Und das hier ist genau so ein Ort.« Marie legte eine Hand auf einen Stein. Hier war so viel passiert. Marie war es, als spürte sie die Geister der Vergangenheit noch immer an diesem Ort.
»Schön und gut, aber ohne Teich und Brunnen keine Frösche«, sagte Franzi. »Also passt dieser Ort nicht zu Salientias Beschreibungen.«
»Vielleicht ist gar kein echter Brunnen gemeint«, sagte Kim nachdenklich, während sie den Ort genauer untersuchte. Dort, wo einst der weiße Turm gestanden hatte, waren dichte Brombeersträucher gewachsen. Vorsichtig zog sie die stacheligen Zweige beiseite und leuchtete den Boden ab. »Schaut

mal! Hier sind überall Vertiefungen. Manche sind mit Wasser gefüllt. Nach der Schneeschmelze oder starken Regenfällen könnte sich ein regelrechter Teich gesammelt haben«, überlegte sie.

»Das klingt plausibel«, stimmte ihr Frederick zu. »Das Fundament des Turms muss in der Erde gelegen haben. Vielleicht gab es sogar einen verschütteten Schacht, der vollgelaufen ist.«

»Und das könnte dann wie ein Brunnen ausgesehen haben.« Marie leuchtete ebenfalls unter die Brombeeren. »Vielleicht haben dort sogar Frösche gelebt.«

Franzi schüttelte langsam den Kopf. »Das ist nur eine Vermutung. Außerdem finden wir in der Dunkelheit sowieso nichts.«

»Wir können uns morgen nach dem Frühstück hier treffen«, schlug Kim vor.

»Das ist ein sehr guter Plan«, willigte auch Frederick ein. »Bringt ihr mir etwas zu essen mit?«

»Meinetwegen«, sagte Marie. Dann reichte sie ihm den Leinenbeutel. »Hier sind schon mal Speisen von meinem Tellerchen und Trinken aus meinem Becherchen – als Dank für die Rettung.«

Frederick zwinkerte ihr zu, als er den Beutel annahm. »Besten Dank, holde Prinzessin!«

Ich habe etwas gefunden!«
Marie schreckte hoch. Was war los? Sie hatte gerade so schön geträumt – von einer weißen Kutsche und einer goldenen Kugel, die in der Abendsonne glänzte.

»Ich habe in der Bibliothek nach Hinweisen auf den weißen Turm gesucht«, rief Kim aufgekratzt.

»Es ist sechs Uhr morgens«, knurrte Franzi.

»Die beste Zeit für eine ungestörte Recherche.« Kim grinste. »Alle im Haus schlafen noch.«

»Ich nicht mehr«, ächzte Marie.

»Ihr werdet staunen!«, war Kim überzeugt.

Franzi setzte sich langsam auf. »Nun schieß schon los.«

»Der weiße Turm wurde im Spätmittelalter erbaut. Es handelte sich um ein sehr ungewöhnliches Gebäude«, berichtete Kim. »Der Turm war nämlich nicht rund, sondern hatte sieben Ecken.«

Marie versuchte, sich den Rätseltext von Salientia ins Gedächtnis zu rufen, doch Kim redete bereits weiter.

»Ich habe auch schon nach vergleichbaren Bauwerken im Mittelalter recherchiert. Bei Ausgrabungen gleichen die Überreste von alten Türmen manchmal wirklich einem Brunnen. Oft sind sie mit Schutt, Geröll und Erde gefüllt und manchmal auch mit Wasser.«

»Das Fundament eines siebeneckigen

Turmes!« Jetzt war auch Franzi hellwach. »Das ist bestimmt Salientias Siebendbrunnen.«
»Sie hat die Kugel einfach ins Wasser geworfen!«
»Die Frage ist, wie wir den Schacht finden, in den sie die Kugel geworfen hat«, fragte Kim.
Franzi war schon dabei, sich anzuziehen. »Wir graben einfach.«

Doch die Erwachsenen hatten andere Pläne. Maries Vater wollte befreundete Schauspieler auf dem Gelände des Festivals treffen. Der Schlossherr war ebenfalls eingeladen. Gleich nach dem Frühstück sollte es losgehen.
»Ich treffe euch später«, sagte Daphne. »Ich bin doch zum Brunch bei Mirelle eingeladen.«
Die Mädchen tauschten einen vielsagenden Blick.
»Können wir vielleicht auch hierbleiben?«, fragte Marie hoffnungsvoll.
»Aber Schatz«, wandte Herr Grevenbroich ein. »Daphne ist unterwegs. Ihr wärt dann ganz allein.«
»Das stimmt«, sagte Herr von Unkenburg. »Eckbert hat frei und Frau Gelderlein möchte einen Yogaworkshop besuchen.«

Wenig später saßen die Mädchen bei Herrn Grevenbroich im Wagen. Daphne war bereits mit einem roten Sportflitzer abgedüst. Als sie das nahe gelegene Dorf erreichten, zog Marie alle Register ihrer Überredungskunst. »Papi, wir würden so gern noch ein Eis essen gehen. Bei eurer Verabredung langweilen wir uns doch nur. Außerdem habe ich schon den Busfahrplan gecheckt.« Sie deutete auf ihr Smartphone. »Die Linie aus dem Dorf hält direkt bei den Festspielen. Wir sind also ganz unabhängig.« Erwartungsvoll strahlte Marie ihren Vater an.

Herr Grevenbroich seufzte, hielt dann aber doch vor einem kleinen Eiscafé. »Ruft an, wenn es Probleme gibt, und seid pünktlich.«

»Klar doch!« Die Mädchen winkten Herrn Grevenbroich mit fröhlichem Lächeln hinterher.

Der Rückweg zurück zum Schloss war zu Fuß jedoch weiter, als gedacht. Frederick wartete schon ungeduldig auf die Mädchen. »Da seid ihr ja endlich.«

Marie drückte ihm ein belegtes Brötchen in die Hand, das sie in ihrer Handtasche verstaut hatte.

»Wie gehen wir vor?«

»Wir holen Schaufeln und Heckenscheren aus dem Gerätehaus«, schlug Frederick vor. »Ich kenne den Code an der Tür.«

»Wir müssen aber aufpassen«, meinte Kim. »Nicht, dass Daphne uns erwischt!«

Der rote Sportflitzer war nirgendwo zu sehen. Die vier huschten rasch zu einem Wirtschaftsgebäude gegenüber vom Schloss. Frederick öffnete die Tür und schaltete das Licht ein. Er wollte gerade zu einer Halterung mit Spaten und Schaufeln gehen, als draußen Schritte erklangen. Mit einem Ruck zog Frederick Marie hinter einen riesigen Aufsitzrasenmäher. Kim und Franzi standen zu weit weg. Beide strafften sich – vermutlich, um Daphne entgegenzutreten. Umso erstaunter war Marie, als Butler Eckbert auftauchte.

»Was macht ihr denn hier?«, fragte er verwundert.

»Das könnten wir Sie auch fragen«, erwiderte Kim mutig.

»Na ja, ich habe heute meinen freien Tag und muss ein paar Erledigungen machen. Und als ich gerade los wollte, habe ich das offene Tor gesehen.«, erklärte der Butler.

»Tja, wir …«, fing Franzi an.

»Wir machen Geocaching. Sie wissen schon, Schatzsuche nach Koordinaten«, sagte Kim schnell. »Angeblich ist im Wald ein Cache versteckt. Wir haben eine Schaufel und eine Heckenschere gesucht.«

»Der Schlossherr ist einverstanden«, fügte Franzi hinzu. »Er hat uns ja auch den Code verraten.«
Eckbert lachte. »Geocaching! Klasse, das macht mein Neffe auch. Aber wofür soll die Heckenschere sein?«
»Der Cache liegt im Gestrüpp«, sagte Kim.
Marie wurde ungeduldig. Es war nett, dass Eckbert helfen wollte, aber es brachte den Plan durcheinander. Daphne konnte jederzeit zurückkommen. Und dann wurde es eng! Marie zuckte leicht zusammen. Es wurde eng? Sie musste an Daphne denken, die nicht in den Fahrstuhl steigen wollte. Genau wie Kim ertrug sie keine engen Räume. Wie hatte sie es dann geschafft, in den niedrigen, dunklen Fluchttunnel im Brunnen zu steigen? In einen tiefen Schacht? Für Kim wäre das jedenfalls unzumutbar. Und hätte Herr von Unkenburg es nicht bemerkt, wenn sich seine Verlobte nachts aus dem Schlafzimmer geschlichen hätte? Etwas stimmte an ihrem Verdacht nicht.
»Ah«, machte Eckbert gerade. »Du hast sogar ein Journal. Stehen da die Koordinaten drin?«
»Ja … äh … nein«, gab Kim zurück.
»Wo ist denn eure Freundin?«, fragte Eckbert. Er klang plötzlich misstrauisch.
»Die ist ins Dorf gegangen, shoppen.«
»Ah.« Eckbert reichte Kim und Franzi die Werkzeuge und führte sie zur Tür. »Viel Erfolg. Wir sehen uns morgen beim Frühstück.«

Er spähte den Mädchen hinterher, ging dann noch einmal zu einem Regal, nahm etwas heraus und schloss die Tür ab. Frederick und Marie sahen sich an. »Bist du dir sicher, dass Daphne hinter der Kugel her ist?«, flüsterte Marie. Sie fühlte sich plötzlich unwohl. Der Butler benahm sich seltsam. Erst die auffälligen Fragen und jetzt hatte er auch noch ein Seil mitgenommen. Was hatte er vor? Suchte er nach dem Schatz? Wollte er Kim und Franzi verfolgen, um den Siebendbrunnen zu finden? Es war durchaus möglich! Der Butler hatte ja mit Daphne im Flur, gestanden, als die drei !!! Herrn von Unkenburg von den Ermittlungen berichtet hatten. Er wusste, dass sie Detektivinnen waren und nach dem Schatz suchten! Marie sprang auf. »Wir müssen hinterher!«, drängte sie. »Kann man die Tür von innen öffnen?«

Die Tür ließ sich nicht von innen öffnen. Aber Marie war eine Meisterin darin, Schlösser zu knacken. Es dauerte meistens nur etwas, je nachdem, wie kompliziert die Schlösser waren. Marie brauchte ungewöhnlich lang, bis die Tür endlich aufsprang. Ihr Herz klopfte bis zum Hals, während sie neben Frederick über die Wiese zum Wald rannte. Als sie bei der Ruine des Turms ankamen, schlichen sie sich langsam an und spähten durchs Gebüsch. Marie sog scharf die Luft ein. Kim und Franzi lagen gefesselt am Boden. Der Butler hatte ihnen also tatsächlich aufgelauert. Marie hob das Handy, um die Szene zu filmen. Der Butler hieb fieberhaft mit dem Spaten auf die Brombeeren ein. »Tut mir leid, Mädchen. Aber diesen Schatz suche ich seit Jahren. Eine legendäre Kugel aus purem Gold – ich muss sie einfach besitzen.«

»Sie riskieren Ihren Job für etwas Gold?«, fragte Kim fassungslos. »Und begehen eine Straftat?«

»Ich will seit Jahren kündigen und auf Weltreise gehen. Ich will frei sein und nicht ständig eingebildete Herrschaften wie diese Daphne bedienen!« Wie besessen bearbeitete der Butler die Stelle, wo einst der Turm gestanden hatte. »Ich habe nichts zu verlieren, aber viel zu gewinnen.«

»Der ist total im Goldrausch«, fuhr es Marie durch den Kopf. Aber so leicht gaben die drei !!! nicht auf. Marie hatte alles im Kasten. Das reichte, um den Mann zu überführen. Heimlich gab sie ihren Freundinnen ein Signal. Frederick schlich sich davon, um die Polizei zu holen, und Marie robbte vorsichtig bis zu dem Gebüsch, neben dem ihre Freundinnen lagen. Im Schutz der dichten Blätter löste sie die Knoten an Kims Händen, damit diese ihrerseits Franzi helfen konnte. Als beide Detektivinnen endlich frei waren, hörten sie auch schon, wie Frederick mit der Polizei zurückkehrte. Eckbert hingegen war so im Goldrausch, dass er die Beamten erst bemerkte, als sie zu ihm traten. Sobald der Butler seine Lage erkannte, sackte er wie ein Häufchen Elend zusammen. Das erleichterte die Arbeit der Polizei. Frederick zeigte seinen Personalausweis vor, sein Vater wurde auf dem Handy angerufen und schließlich einigte man sich darauf, dass Frederick und die drei !!! am nächsten Tag ihre Aussagen auf dem Revier machen konnten.

»Bevor wir zum Festival gehen, müssen wir uns aber noch umziehen«, meinte Kim, als der Polizeiwagen samt Butler abfuhr.

»Unbedingt«, bestätigte Marie. »Und dann musst du mit deinem Vater reden, Frederick. Du und deine Großmutter müsst ihm sagen, was ihr über Daphne denkt.«

»Das werde ich«, versprach Frederick seufzend.

»Wartet mal«, meinte Franzi. »Ich glaube, Eckbert hat den Schacht gefunden.«

»Wirklich?« Frederick krempelte die Arme hoch. »Na, dann sollten wir doch mal die goldene Kugel aus dem Brunnen holen.«

»Moment!«, rief Kim. »Ich finde dafür brauchen wir eine Extraportion Power!«

Die drei !!! streckten ihre Hände aus. Dann folgte ihr all-

seits bewährter Powerspruch: »Eins«, »Zwei«, »Drei«, »Power!!!«
Kaum hatten sie gemeinsam das letzte Wort gerufen, als ein Frosch aus dem Gebüsch hüpfte. Mit einem unerschrockenen Satz sprang er den Mädchen direkt vor die Füße. Er ließ sich von Franzi auf die Hand nehmen. »Du schon wieder! Willst du uns Glück bringen?«
Unter den »Igitt!«-Rufen ihrer Freundinnen gab sie ihm einen Kuss und ließ ihn weiterhüpfen.
Es wurde ein hartes Stück Arbeit – und ein schlammiges noch dazu. Aber gerade, als

sie aufgeben wollten, blitzte zwischen den Steinen und den Erdklumpen etwas auf. Kurz darauf hielt Marie eine goldene Kugel in den Händen. Vielleicht hatte das Wünschen geholfen? Franzi schwor auf die Magie des Frosches, Marie hingegen auf den unschlagbaren Powerspruch. Es war ein rundum verzauberter Tag. Das schien auch Frederick zu finden. »Ich rede gleich heute Abend mit meinem Vater über meine Sorgen wegen Daphne«, sagte er.

»Es wird gut ausgehen«, versicherte Marie, während sie Kim vorsichtig die Kugel überreichte.

»Das ist es doch schon.« Frederick nahm Maries Hand. Er zwinkerte ihr zu. »Du hast mich erlöst.«

DER
VERWUN-
SCHENE
GARTEN

Die Sonne glitzerte zwischen den saftig grünen Blättern der Bäume hervor. Marie spürte den Fahrtwind in ihren Haaren und auf den Armen. Ihr neuer, geblümter Rock flatterte. Sie atmete tief ein und schloss für einen winzigen Moment die Augen. Sie konnte den Waldboden riechen, ihre Sonnencreme, den süßen Duft von Holunderblüten und Jasmin, gemähtes Gras. Sommer. Sie öffnete ihre Augen wieder und nahm ihre Hände vom Lenker, reckte sie in die Höhe und rief laut: »Juhuuuu!«

Hinter ihr erklang zweistimmiges glockenhelles Lachen. Marie erschrak und ließ die Arme sinken. Links und rechts neben ihr tauchten ihre Freundinnen Franzi und Kim auf ihren Rädern auf. Bevor Franzi etwas sagen konnte, fragte Marie schnell: »Ist das nicht ein fantastisch schöner Tag?«

»Total«, grinste Franzi. »Keine Schule, die Sonne scheint und der Waldsee wartet nur auf uns.«

»Und wir haben einen Picknickkorb voller Leckereien dabei«, fügte Kim hinzu und klopfte mit der Hand auf den Korb, der hinten auf ihrem Gepäckträger klemmte.

»Dann sollten wir uns beeilen«, rief Franzi übermütig. »Damit die Limo nicht zu warm wird. Wer als Erste am Waldsee ist!« Schon düste sie los.

Kim und Marie warfen sich einen verdutzten Blick zu und nahmen die Verfolgung auf. Franzi hatte schon einen mächtigen Vorsprung. Marie lehnte sich nach vorn und trat noch schneller in die Pedale. Die Bäume an den Rändern der Allee waren nun nur noch braun grün verwischte Schatten. Sie lehnte sich wieder zurück und ließ die Räder einfach rollen. Franzi war sowieso viel zu schnell.

»Wartet mal!«, rief Kim.

Marie hielt an. »Franzi, warte!«, rief sie ihrer Freundin nach.

Franzi bremste scharf und drehte sich um. »Was ist los?«, rief sie.

Marie drehte sich zu Kim um, hoffentlich war ihr nichts passiert. Kim stand vor einem kleinen Haus an der Allee und winkte ihre Freundinnen zu sich.

Franzi und Marie radelten zu ihr. »Guckt mal, hier ist ein kleiner Hofladen«, sagte Kim.

Marie prustete los: »Kim, wir dachten, dir ist etwas passiert! Und stattdessen geht es um ...«

»Himbeeren«, sagte Kim kleinlaut. »Ja, entschuldigt. Aber als ich hier vorbeigefahren bin — gefahren, nicht gerast — habe ich den Hofladen entdeckt und dachte, ein paar Beeren passen doch noch prima zu unserem Waldsee-Picknick.«

Marie betrachtete das kleine Fachwerkhaus. In den Fenstern hingen karierte Gardinen und auf den Treppen zur Eingangstür und vor dem Haus standen jede Menge Blumen in Kübeln. Neben dem Haus gab es eine kleine Scheune. Das Tor stand offen und eine rot-weiß gestreifte Markise schützte den Eingang.

»›Frische Himbeeren, Johannisbeeren, Kirschen und Gemüse‹«, las Franzi die Aufschrift der Tafel vor, die neben dem Eingang hing. »Das klingt doch gut.« Sie stellten ihre Fahrräder ab und betraten die schattige Scheune.

»Das ist ja süß!«, rief Kim.

In der Scheune stand ein alter, grün angestrichener Holztisch, darauf Pappschalen mit Himbeeren und Johannisbeeren. Die Kirschen konnte man sich aus einer großen Schüssel selbst in Papiertüten füllen. Daneben befanden sich eine Waage und eine Kasse, in die die Kunden das Geld legen konnten.

»Guckt mal hier«, sagte Marie und nahm ein Glas Marmelade aus einem Regal, das voller Marmeladen- und Honiggläser mit hübschen Etiketten war.

»Die sind alle selbst gemacht«, sagte eine ältere Frau fröhlich, die durch das offene Hintertor der Scheune getreten war und einen Korb mit Kirschen in der Hand trug. Sie stellte ihn auf dem Tisch ab.

»Gehört der Hofladen Ihnen?«, fragte Kim.

»Ja, das hier ist mein kleines Hexenhäuschen und der Hofladen gehört auch dazu. Das Obst und das Gemüse wachsen in meinem Garten hinterm Haus. Habt ihr Lust auf eine kleine Führung?«

Kim, Franzi und Marie nickten begeistert.

»Ach so, ich bin übrigens Marlies Gothel«, stellte die Frau sich vor. Auch Kim, Franzi und Marie nannten ihre Namen, als sie Frau Gothel aus der Scheune hinaus folgten. Dahinter lag ein großer Garten, der von einer steinernen Mauer umgeben war. Im hinteren Bereich standen Obstbäume, zwischen denen Bienenstöcke aufgebaut waren. Marie glaubte, dahinter noch ein hohes Gebäude erkennen zu können. Sie liefen an einem großen Gemüsebeet vorbei. Überall blühten bunte Sommerblumen.

»Hier sind die Himbeersträucher«, erklärte Frau Gothel. »Pflückt euch ruhig ein paar.« Das ließen sich die Freundinnen nicht dreimal sagen und traten an die Himbeersträucher heran.

»Mmmh, sind die süß und saftig«, sagte Marie, die sich eine große, dunkelrosa Frucht in den Mund geschoben hatte.

»Ja, das haben sich die Diebe in der vergangenen Nacht wohl auch gedacht«, seufzte Frau Gothel.

»Was denn für Diebe?«, wollte Franzi wissen.

»In der letzten Nacht sind Diebe über die Mauer geklettert und haben Himbeeren, Kirschen und Blumen gestohlen. Dabei haben sie Äste abgerissen und einige Pflanzen und Blumen beschädigt.« Frau Gothel deutete an den Himbeersträuchern entlang und Kim, Franzi und Marie gingen in die Richtung, um sich den Schaden genauer anzuschauen.

»Hier müssen sie über die Mauer gekommen sein«, sagte Franzi und zeigte auf einige zertretene Blumen, die an der Mauer gewachsen waren.
»Das ist ja schlimm«, sagte Kim. »Ist ein großer Schaden entstanden?«
Frau Gothel winkte ab. »Solange das nicht noch mal passiert, kann ich ein paar Handvoll geklaute Kirschen und zertretene Blumen verschmerzen.«
Nach der Gartenführung kauften die drei eine große Tüte Kirschen und eine Schale Johannisbeeren für ihr Picknick.

Kim, Franzi und Marie fuhren weiter zum Waldsee. Sie schlossen ihre Räder unter einem Baum zusammen, nahmen den Picknickkorb mit und suchten sich einen freien Platz auf der Wiese. Dort breiteten sie ihre Decke und Handtücher aus. Dann ließen sie sich darauf nieder und Kim öffnete den Korb. »Was denn?«, sagte sie unschuldig grinsend, als sie Franzis und Maries fragenden Blick sah. »Wenn wir noch länger mit dem Picknick warten, wird doch nur die Limo kalt!«
Franzi und Marie lachten. Kim legte die Flaschen mit selbstgemachter Limo, die herzhaften Muffins von Franzis Mutter und das Obst von Frau Gothel in die Mitte der Picknickdecke.

Dann ließ sie sich im Schneidersitz auf der Decke nieder. Sie schnappte sich einen Muffin und eine Limoflasche.
Neben ihnen spielten ein paar Jugendliche Frisbee. Ein brauner Mischlingshund mit Schlappohren rannte zwischen ihnen hin und her und versuchte die Frisbee-Scheibe zu fangen. Schließlich schaffte er es.
»Hey, Rapunzel!«, rief ein Mädchen mit langen braunen Haaren, die einen geflochtenen Kranz aus Sommerblumen trug. Rapunzel lief mit dem Frisbee im Maul los und legte sich neben Franzi ins Gras. Kim, Franzi und Marie mussten lachen.
»Der ist aber niedlich!«, sagte Franzi entzückt.

Das Mädchen kam auf sie zu, um dem Hund das Frisbee wegzunehmen.

»Ist das dein Hund?«, fragte Kim

»Ja, das ist Rapunzel«, erklärte sie. »Und ich heiße Wilma.«

Kim, Franzi und Marie stellten sich ebenfalls vor.

»Du hast einen tollen Haarkranz«, sagte Marie. Wilma rückte den Blumenkranz gerade und sagte: »Oh ja, danke.«

Ihre Freunde kamen auch herüber. Einer von ihnen fragte: »Spielen wir weiter oder hat Rapunzel gewonnen?«

»Das sind Carl und Emil«, sagte Wilma. »Wir sind hier gerade im Schullandheim mit unserer Klasse«. Sie deutete hinter sich, wo das Schullandheim am anderen Ufer des Sees zu sehen war.

»Und da darfst du deinen Hund mitnehmen?«, staunte Kim.

»Das ist der Vorteil, wenn man Lehrertochter ist«, sagte Carl und grinste.

»Jaja«, sagte Wilma und verdrehte die Augen. »Dürfen wir uns zu euch setzen?«

»Klar«, sagte Franzi. »Möchtet ihr etwas?« Franzi zeigte auf das Obst, das auf der Picknickdecke lag.

»Danke, wir haben selbst Kirschen und Beeren besorgt«, antwortete Wilma. Sie zwinkerte Carl zu und der stieß Emil mit dem Ellenbogen an. Sie kicherten.

Kim warf Marie einen fragenden Blick zu. Marie zuckte mit den Schultern. Sie hatte keine Ahnung, was daran so witzig war.

Am nächsten Tag radelten Kim, Franzi und Marie wieder zum Waldsee. »Vielleicht sind Wilma, Carl, Emil und Rapunzel ja auch wieder da«, sagte Kim, als sie vor Frau Gothels Haus hielten. Die Freundinnen wollten sich auch heute mit Beeren als Proviant eindecken. Sie gingen in die Scheune, in der die Verkaufstische standen. Marie spähte durch das hintere Scheunentor. Frau Gothel war im Garten beschäftigt. Marie winkte ihr und ging mit Franzi und Kim hinüber. »Hallo, Frau Gothel«, grüßte Marie.
»Das ist ja schön, dass wir uns heute schon wiedersehen!«, sagte Frau Gothel. Sie wischte ihre Hände an ihrer grünen Latzhose ab und lächelte etwas schief.
»Was ist denn los?«, fragte Kim. Auch Marie hatte das Gefühl, hier stimmte etwas nicht.
Frau Gothel deutete vor sich. »Die Diebe haben heute Nacht wieder zugeschlagen.« An den Himbeersträuchern direkt gegenüber der Mauer waren Äste und Blätter abgerissen worden. »Die muss ich noch zurechtstutzen«, erklärte Frau Gothel niedergeschlagen.
»Gut, dass Sie das noch nicht gemacht haben und wir noch mal vorbeigekommen sind«, erklärte Kim.
Marie nickte. »Wir können herausfinden, wer das war. Wir sind Detektivinnen.«
»Ihr seid Detektivinnen?«, wiederholte Frau Gothel erstaunt. Kim, Franzi und Marie nickten stolz.

»Und wir wollen Ihnen helfen, herauszufinden, wer das war«, verkündete Franzi.
»Das ist aber nett von euch«, freute sich Frau Gothel.
»Wo überall haben Sie denn Spuren des Diebstahls entdeckt?«, fragte Kim. Frau Gothel führte sie zu einem Blumenbeet. Hier waren einige Blumen gepflückt worden, erkannte Marie.
»Hier sind ja Schuhabdrücke!«, stellte Franzi fest. »Das ist aber ungewöhnlich, es war doch so trocken während der letzten Tage.«
»Ich habe die Beete gestern Abend noch gegossen«, erklärte Frau Gothel.
Marie hatte ihr Smartphone gezückt und sich mit Franzi und Kim über die Erde des Blumenbeets gebeugt. »Dies ist der Abdruck eines Sneakers«, sagte Kim und Marie fotografierte den Schuhabdruck in der feuchten Erde.
»Und guckt mal hier, das sind doch Pfotenabdrücke!«, rief Franzi überrascht.
»Sieht aus wie von einem Hund«, sagte Kim.
Franzi beugte sich vor, um die Abdrücke besser betrachten zu können. »Frau Gothel, haben Sie einen Hund?«, fragte sie.
Frau Gothel verneinte.
»Ein Fuchs oder eine Katze kann das nicht gewesen sein«, erklärte Franzi, die sich sehr für Tiere interessierte und sich darum bestens auskannte. Marie fotografierte auch

die Pfotenabdrücke sowie alle Schäden, die die Diebe hinterlassen hatte.

»Ist Ihnen so etwas denn schon einmal passiert?«, erkundigte sich Kim. »Also nicht nur gestern und heute, sondern im Frühling oder im letzten Jahr?«

Frau Gothel schüttelte den Kopf. »Nein, noch nie.«

»Haben Sie Streit mit jemandem oder sogar Feinde?«, hakte Marie weiter nach.

»Um Himmels willen, nein!«, rief Frau Gothel und schüttelte nun so heftig den Kopf, dass ihre bunten Ohrringe nur so flogen.

»Haben Sie Konkurrenten?«, fragte Kim. »Da kann es ja manchmal zu Neid und Ärger kommen.«

Frau Gothel machte eine abwehrende Handbewegung. Dann dachte sie nach. »Ein paar hundert Meter die Allee hinauf Richtung See hat vor ein paar Jahren Herr Jacob einen Hofladen eröffnet. Das hat mich natürlich nicht gefreut. Herr Jacob hat sich ein paar Mal beschwert, meine Werbeschilder seien zu groß. Solche Sachen.«

»Trauen Sie ihm denn so etwas zu?«, fragte Marie und deutete auf die zertrampelten Blumen.

»Nein, das nun wirklich nicht«, sagte Frau Gothel. »Inzwischen kommen wir miteinander aus. Beim Stadtfest im Mai haben wir uns sogar einen Stand geteilt und gemeinsam unser Obst und Gemüse verkauft.«

Marie warf Kim und Franzi einen Blick zu. Die beiden nickten unmerklich.

»Wir geben alles, um herauszufinden, wer das war«, versprach Kim. Frau Gothel schenkte ihnen so viele Himbeeren, wie in Maries Brotdose passten. Dann verabschiedeten sie sich und fuhren los.

Etwa 800 Meter weiter, schräg gegenüber von Frau Gothels Hofladen, lag der Hof von Herrn Jacob. Auch hier wuchsen Blumen vor dem hübschen Backsteinhaus und ein Schild wies den Weg zum Laden im Hinterhof. Hinter dem Haus erstreckte sich wie bei Frau Gothel ein weites Gelände mit Beeten für Gemüse und Beerensträucher, außerdem gab es Apfel- und Birnbäume. Dazwischen scharrten schwarz-weiß gesprenkelte Hühner.

»Die haben ja witzige Puschelfüße!«, sagte Kim. Die braunen Hühner sahen aus, als würden sie weite, puschelige Hosen tragen.

Die drei !!! stiegen die Treppen zum Hofladen hinauf. Darin gab es einen Tresen, vor dem einige Leute anstanden. Sie wurden von einer freundlichen Frau bedient, die mit den Kunden, die sie alle zu kennen schien, lachte und scherzte.

Dann kam ein Mann herein, der grüne Gummistiefel trug und eine Papppalette voller Eier hereinbrachte. »Nachschub von unseren fleißigen Damen!«, rief er

vergnügt und reichte die Eier der Frau über den Tresen hinüber.
»Das muss er sein!«, wisperte Franzi. Wohl etwas zu laut, denn der Mann drehte sich um und fragte zwinkernd: »Das kommt darauf an, wen ihr sucht.«
Marie spürte, wie ihre Wangen heiß wurden, und auch Franzi und Kim sahen etwas betreten und erschrocken aus. Mutig fragte Marie: »Sind Sie Herr Jacob? Wir ... ähm, haben eine Frage.«
»Na, da bin ich aber gespannt«, antwortete Herr Jacob schmunzelnd.

»Wir haben draußen Ihre besonderen Hühner gesehen«, sagte Franzi schnell. »Haben Sie vielleicht kurz Zeit?«

»Wir lieben Hühner«, erklärte Kim ernst. Marie musste mühsam einen Lachanfall herunterschlucken.

»Wenn das so ist, dann nehme ich mir die Zeit natürlich gerne«, erklärte Herr Jacob. Sie verließen den Hofladen und Herr Jacob führte sie durch seine Gemüsebeete. »Hier wachsen gelbe und grüne Zucchini, nebenan Kürbisse und hier Tomaten und Kräuter«, erklärte er ihnen.

»Was sind das denn für witzige Hühner? Ich habe solche noch nie gesehen«, wollte Franzi wissen.

»Das sind Federfüßige Zwerghühner. Diese Hühnerrasse ist vom Aussterben bedroht und darum züchte ich sie.« Herr Jacob lächelte stolz.

»Ich habe auch ein Huhn«, erzählte Franzi. »Es hinkt und heißt Polly. Aber ich weiß nicht, ob Polly eine besondere Art ist. Sie ist eigentlich ein ganz normales Huhn.«

»Also ganz normal ist sie nicht, so wie sie in einem Wahnsinnstempo immer auf alle Schuhe zuhinkt und an den Schnürsenkeln zieht!«, erklärte Marie lachend.

»Haben Sie auch einen Hund?«, fragte Franzi.

»Nein, nur Hühner, zwei Ziegen und eine Katze«, sagte Herr Jacob.

»Hm«, machte Franzi.

»Kennen Sie Frau Gothel?«, lenkte Kim das Gespräch auf den eigentlichen Grund ihres Besuchs.

»Ja, natürlich. Wir sind ja sozusagen Nachbarn«, erklärte Herr Jacob. »Warum wollt ihr das wissen?«
»Na ja, wir haben uns gefragt, ob das gut geht, zwei Hofläden so dicht beieinander. Gibt es da nicht Streit?«, ergänzte Marie.
Herr Jacob trat mit seinem Gummistiefel gegen einen Brocken Erde. Gespannt warteten die drei !!! auf seine Antwort. Schließlich seufzte er und sagte: »Natürlich war es zu Beginn nicht einfach. Und wir haben uns das Leben gegenseitig bestimmt nicht immer leicht gemacht. Aber wir sind nun einmal beide hier und jeder hat seine Stammkunden. Deswegen haben wir längst beschlossen, das Kriegsbeil zu begraben.«
Das klang eigentlich ganz überzeugend, fand Marie. Doch Kim hakte knallhart nach: »Wo waren Sie gestern am späten Abend?«
Herr Jacob schaute sie überrascht an. »Darf ich fragen, was euch das angeht?«
»Bei Frau Gothel wurden Obst und Blumen direkt aus dem Garten gestohlen und Beete und Sträucher zerstört«, antwortete Franzi. »Wir haben ihr unsere Hilfe angeboten und ermitteln in diesem Fall.«
Herr Jacob lachte. »Ich habe damit wirklich nichts zu tun!«, sagte er dann.
»Haben Sie ein Alibi?«, fragte Kim.
Herr Jacob seufzte. »Ich war gestern Abend beim Verein der Züchter seltener Hühnerrassen.«
»Wie bitte?«, fragte die drei !!! wie aus einem Mund.

»Ja, so was gibt es. Ihr könnt gerne bei unserem Vorsitzenden nachfragen, ich gebe euch seine Nummer.«
Kim nickte. »Wir werden das überprüfen.«
»Dann vielen Dank für Ihre Zeit«, sagte Marie.
Die drei !!! verabschiedeten sich von Herrn Jacob. Sie drehten sich um und wollten den Hof verlassen, doch da rief Herr Jacob sie zurück: »Wartet mal!« Sie drehten sich zu ihm um. Herr Jacob pflückte etwas von einem Strauch und gab es Marie. Marie betrachtete die drei zusammenhängenden hellbraunen Haselnüsse in ihrer Hand. »Zaubernüsse«, sagte Herr Jacob zwinkernd. »Ein Wunsch für jede von euch.«
Die drei lachten und verabschiedeten sich erneut.
»Meint ihr, das sind wirklich Zaubernüsse?«, fragte Marie leise.
»Och, Marie«, stöhnte Franzi. »Ist das dein Ernst?«
Kim fügte hinzu: »Es gibt keine wissenschaftlichen Beweise für Magie, wie oft denn noch?« Marie ließ die Nüsse vorsichtig in ihre Rocktasche gleiten.

Also, was haben wir?«, fragte Franzi. Sie hatte gerade ein Tablett mit eisgekühlter selbst gemachter Himbeer-Rosmarin-Limo in den Pferdeschuppen gebracht. Die Türen standen weit

offen, damit ab und an ein kühler Lufthauch durch das Hauptquartier der drei !!! wehen konnte. Hier hatten es sich Kim und Marie schon auf den gemütlichen Sesseln bequem gemacht. Marie fächelte sich Luft mit Kims Detektivtagebuch-für-unterwegs zu. »Wir haben nichts«, sagte Kim niedergeschlagen. »Das Alibi von Herrn Jacob stimmt, ich habe eben diesen Hühnerverein-Vorsitzenden angerufen.«

»Aber was ist mit den Spuren aus dem Beet?«, fiel Franzi ein. »Marie, zeig noch mal die Fotos vom Tatort.«

Marie rief die Fotos auf ihrem Smartphone auf, die sie in Frau Gothels Garten nach dem zweiten Diebstahl gemacht hatte. »Wir haben die Schuh- und Pfotenabdrücke, immerhin«, sagte Franzi. Die drei !!! versanken in Schweigen. Marie fächelte sich weiterhin Luft zu und schlürfte Limo durch den Glasstrohhalm aus ihrem Glas.

Franzi trommelte mit den Fingern auf ihr Bein. Plötzlich fuhr Kim aus ihrem Sessel hoch. »Als wir am See waren und Wilma und die anderen kennengelernt haben – ist euch aufgefallen, wie komisch Wilma, Carl und Emil reagiert haben, als Franzi sie gefragt hat, ob sie etwas von dem Obst essen möchten?«

»Ja, oder? Ich habe mich auch gewundert, dass sie so gekichert haben«, erinnerte sich Marie.

»Und sie haben einen Hund!«, fügte Franzi hinzu.

»Meint ihr, sie haben das Obst von Frau Gothel gestohlen?«, überlegte Kim. »Was wollen wir machen, sie einfach fragen?«

Marie stand auf. »Das ist doch das, was Detektivinnen machen, oder? Verdächtige befragen.«
»Jaaa, du hast recht«, sagte Kim lachend.
»Ihr wollt doch nicht etwa schon wieder los?«, erklang eine Stimme hinter ihnen. Frau Winkler, Franzis Mutter, stand in der Tür des Pferdeschuppens und hielt einen großen Teller in den Händen. Sie streckte ihn nach vorne und sagte fröhlich: »Eistorte!« Sie stellte den Teller auf den Tisch und zog drei Kuchengabeln aus der Tasche ihrer Jeans. »Ich dachte, das könnte ich neu auf die Karte des Hofcafés bringen. Probiert mal und sagt mir, was ihr davon haltet.« Damit ging sie wieder hinaus. Die drei Freundinnen bestaunten die mit Beeren verzierte Eiskuppel. Marie setzte sich wieder, Franzi verteilte die Gabeln.
»Danach pffahren mir maber mlos«, nuschelte Kim, die sich schon eine Gabel voll Eis in den Mund geschoben hatte.

Nach dem Eis fuhren die drei !!! mit dem Rad zum Schullandheim. Dort war es ganz ruhig und niemand war zu sehen.
»Vielleicht machen sie einen Ausflug«, vermutete Kim.
Franzi schaute auf ihre Uhr. »Oder sie sind beim Abendessen«, erwiderte sie. »Kommt mal mit.«

Sie liefen um das Backsteingebäude herum, dicht am Gemäuer entlang. Unter großen Fenstern, von denen aus man zum See blicken konnte, blieben sie stehen. Von drinnen war Gemurmel, Gelächter und das Klappern von Geschirr und Besteck zu hören. »Sagte ich doch: Abendessen«, wisperte Franzi. Sie schlichen zum Eingang zurück.

»Okay, was machen wir jetzt?«, fragte Marie. »Warten, bis das Abendessen vorbei ist, und schauen, ob sie vielleicht noch mal rauskommen?«

»Müssen wir wohl«, antwortete Franzi.

Aber Kim hatte eine andere Idee: »Wisst ihr noch: Wir waren doch mit dem Jugendzentrum schon mal hier. Hinter der Eingangstür im Flur steht das Schuhregal, auf dem alle ihre Schuhe abstellen müssen. Vielleicht finden wir dort ein Paar Schuhe, zu dem die Abdrücke passen.«

»Kim, du bist ein Fuchs«, sagte Marie staunend.

Kim winkte ab. Sie ging die Stufen voran zur Eingangstür des Schullandheims, Marie und Franzi folgten ihr. Sachte drückte Kim die Türklinke herunter und die Tür öffnete sich. Kim steckte den Kopf durch den Türspalt und sagte: »Die Luft ist rein!« Leise betraten sie den Flur. Direkt hinter der Tür stand das Schuhregal, wie Kim gesagt hatte.

»Uff«, machte Franzi leise. »Wie sollen wir hier

etwas finden?« Geschockt starrte sie auf die vielen, vielen Schuhe, die im Regal und davor standen und lagen.
Marie hatte ihr Smartphone gezückt und noch mal das Foto der Schuhabdrücke aufgerufen. »Guckt mal«, flüsterte sie. »Das müssen auf jeden Fall Turnschuhe sein.« Sie zeigte auf den Schuhabdruck, den sie herangezoomt hatte. Kim und Franzi nickten. Dann begannen sie, die Regalreihen abzuarbeiten. Franzi und Kim zogen nacheinander die Sneakers heraus, drehten sie um und Marie schoss ein Foto von der Sohle und vom Schuh. Kim und Franzi stellten sie wieder zurück. Nachdem der letzte Schuh fotografiert war, hörten sie am Ende des Flures Stühle rücken und laute Stimmen.
»Jetzt aber nichts wie weg!«, zischte Marie. Die drei schlüpften durch die Tür und schlossen sie leise hinter sich. Sie nahmen ihre Räder und schoben sie zum See. Dort ließen sie sich auf der Wiese am Ufer nieder.
»Franzi, öffne doch bitte mal das Foto von dem Schuhabdruck«, sagte Marie. Sie selbst öffnete auf ihrem Smartphone die Fotos der Schuhe aus dem Schullandheim. Gespannt beugten sich die drei !!! über die Smartphone-Bildschirme und versuchten den passenden Schuh ausfindig zu machen. Die Schuhe und ihre Abdrücke verschwommen nach einiger Zeit zu einem weiß-schwarz-lila-roten Durcheinander mit geschwungenen Linien in ihrem Kopf. Marie ließ das Handy sinken. »Zu viele Schuhe«, sagte sie.

»Marie, so ein Satz von dir?!«, fragte Franzi mit gespieltem Entsetzen.

»Leute, Konzentration!«, mahnte Kim. »Marie, lass uns noch mal die Schuhe von Anfang an anschauen.«

Marie seufzte und hielt Kim ihr Smartphone hin. Kim scrollte durch die Fotos.

»Warte, wisch noch mal zurück«, sagte Franzi. Kim zeigte ihr das vorherige Foto.

»Das ist er!«, sagte Franzi und hielt ihr Handy mit dem Foto des Schuhabdrucks in Frau Gothels Beet direkt daneben.

»Wir haben ihn«, sagte Marie erleichtert. »Es muss also wirklich jemand aus dem Schullandheim gewesen sein.«

»Aber wie finden wir jetzt raus, wem der Schuh gehört?«, fragte Kim und ließ sich ins Gras sinken. Franzi und Marie starrten schweigend auf den See. Am freibadblauen Himmel sausten Schwalben und Mauersegler um die Wette. Kein Wölkchen war zu sehen. Mit einem Ruck setzte Kim sich wieder auf. »Warum fällt mir das denn erst jetzt ein«, rief sie und nestelte ihr Smartphone aus ihrem Rucksack. Gespannt schauten Franzi und Marie ihr zu. »Ich habe doch gestern Fotos am See gemacht«, erklärte sie. Sie scrollte durch die Fotos. »Hier«, sagte sie zufrieden und hielt ihren Freundinnen das Display hin. Franzi und Marie starrten auf das Foto, dessen Hintergrund den See zeigte. Im Vordergrund war zu sehen, wie Franzi Marie das Radschlagen zeigte. Am linken Bildrand waren Wilma und ihre Freunde abgebildet. Marie nahm Kim das Smartphone auf der Hand und vergrößerte den Bildausschnitt. »Das sind die Schuhe von diesem Carl! Ich bin mir absolut sicher«, sagte Marie.

»Und die Pfotenabdrücke stammen natürlich von Rapunzel«, sagte Franzi matt. »Aber warum verwüsten sie Frau Gothels Garten? Und bestehlen sie?«

»Verstehe ich auch nicht«, sagte Kim. »Das ist doch total gemein.«

Auch Marie war erschrocken. Das hatte sie nicht erwartet.

»... oder sie auf frischer Tat ertappen«, hörte sie Kim sagen. Marie schüttelte sich.

»Marie, träumst du?«, fragte Franzi lachend. »Wir sollten sie auf frischer Tat ertappen!«, wiederholte Franzi, was Kim zuletzt gesagt hatte.

»Glaubt ihr denn, sie brechen heute Nacht wieder bei Frau Gothel ein?«, fragte Marie skeptisch.

Was hast du denn alles dabei?«, staunte Franzi, als Marie auf dem Hof der Winklers ankam. Sie schaute über ihre Schulter auf ihren türkisfarbenen Reiserucksack und fragte: »Wieso denn?«

»Ich meine ja nur. Du kannst auch gerne länger als eine Nacht bleiben, sag nächstes Mal einfach nur vorher Bescheid.« Franzi grinste.

»Höhö«, machte Marie und knuffte ihre Freundin im Vorbeigehen in die Seite. Kim und Franzi hatten auf dem Heuboden neben dem Hauptquartier schon gemütliche Betten aus Stroh gebaut. Marie entrollte ihren Schlafsack und packte ein Kissen aus.

Kim kramte unten im Hauptquartier in den Schubladen. »Hier sind sie ja!«, rief sie triumphierend.

Marie stieg die Leiter vom Heuboden hinab. »Was denn?«, fragte sie neugierig.

»Die Nachtsichtgeräte«, erklärte Kim, die den Detektivrucksack für ihre spätabendliche Mission packte. Franzi kam vom Hof herein und schwenkte drei braune Papiertüten.

»Der Proviant ist fertig!«, rief sie. »Können wir dann?«

Marie schnappte sich noch ihre kuschelige Fleecejacke, Kim schulterte den Detektivrucksack und die drei fuhren mit ihren Fahrrädern vom Hof. Es dämmerte schon leicht, als sie die Allee hinunterfuhren. Plötzlich huschte ein Schatten über ihre Köpfe hinweg. »Hu, was war das denn?«, rief Kim. Auch Marie hatte sich erschrocken und blickte mit klopfendem Herzen nach oben.

»Eine Eule!«, rief Franzi. »Cool, oder? Und Fledermäuse fliegen auch schon zwischen den Bäumen herum!«

»Gleich kommen noch eine schwarze Katze und eine Hexe auf ihrem Besen vorbei«, rief Kim.

Marie schüttelte sich. Vor ihr bremsten Kim und Franzi vor Frau Gothels Haus. Die alte Dame begrüßte die drei !!! in ihrem Garten, an dessen Eingang sie drei Gartenliegen aufgebaut und Limo und Kekse auf einem kleinen Tisch bereitgestellt hatte.

»Das ist ja lieb!«, rief Marie.

Frau Gothel freute sich: »Wenn ihr euch hier schon den Abend um die Ohren schlagt, sollt ihr es doch auch gemütlich haben. Braucht ihr noch irgendetwas? Seid ihr sicher, dass ich nicht bei euch bleiben soll?«

Kim packte die Nachtsichtgeräte und Taschenlampen auf den Tisch und sagte: »Danke, Frau Gothel. Das ist nett, aber wir kommen klar.«

»Aber wenn etwas ist, ruft ihr mich sofort!«, mahnte sie und ging ins Haus.

Franzi packte die Verpflegung und drei dünne Decken aus. Dann streckte sie sich. Kim und Marie wollten sich gerade auf die Liegen setzen, da fiel Franzi etwas ein: »Kolleginnen, wir könnten noch etwas Energie gebrauchen, oder?« Sie streckte erwartungsvoll ihre Hand aus. Kim und Marie grinsten, streckten ebenfalls ihre Hände aus und legten sie auf Franzis Hand.

Kim sagte: »Eins.«

Franzi sagte: »Zwei.«

Und Marie sagte: »Drei.«

Dann warfen sie ihre Hände in die Luft und riefen gemeinsam: »Power!!!«
Frau Gothel öffnete ein Fenster auf der Hausrückseite und schaute hinaus. »Nanu, geht es schon los?«, fragte sie erschrocken? Die drei !!! lachten.
»Nein, keine Sorge. Wir haben uns nur bereit gemacht«, erklärte Franzi.
»Dann ist es ja gut«, sagte Frau Gothel und schloss das Fenster wieder.
Marie hatte sich vorher schon ganz müde gefühlt, aber jetzt spürte sie ein Kribbeln durch ihren Körper fließen. Heute

Nacht würden sie die Täter stellen, da war sie sich sicher! Nun machten es sich die drei !!! auf den Gartenliegen bequem. Sie schlürften Limo und aßen die belegten Brote und die Muffins, die ihnen Franzis Vater eingepackt hatte. Langsam färbte sich der Sommerhimmel dunkelblau. Je dunkler es wurde, desto mehr raschelte, knisterte und knackte es in den Bäumen und Büschen in Frau Gothels Garten. Marie zog ihre Fleecejacke bis zur Nasenspitze hoch. Wer wusste schon, was in so einem verwunschenen Garten alles lauerte. Gerade wollte sie den Gedanken mit ihren Freundinnen teilen, als Kim hastig nach den Nachtsichtgeräten griff. Sie hielt sich eines vor die Augen und reichte das zweite Franzi. Marie spitzte die Ohren. Waren das Schritte? Und ein Wispern und Kichern? Kim und Franzi starrten gebannt in die Dunkelheit. Da flackerte ein Licht! Marie schüttelte den Gedanken an Irrlichter, Dunkelelfen und Kobolde ab und nahm sich eine Taschenlampe vom Tisch. Gerade rechtzeitig, denn Kim zischte: »Zugriff!« Leise erhoben sie sich von den Gartenliegen und auch Kim und Franzi nahmen sich eine Taschenlampe.

»Auf drei«, flüsterte Franzi und zählte leise bis drei. Bei drei knipsten sie ihre Taschenlampen an und leuchteten in den Garten hinein.

»Stopp, keine Bewegung!«, rief Kim mit fester Stimme. Marie ließ ihre Taschenlampe sinken. »Das wart wirklich ihr?!«, fragte sie und konnte ihre Enttäuschung kaum verbergen. Zwischen den Himbeersträuchern von Frau Gothel standen Wilma, Carl und Emil. Sie schirmten ihre Gesichter vor dem Schein der Taschenlampen ab. Rapunzel ließ sich zwischen Wilmas Beinen nieder.

Im Haus ging das Licht an, dann auch die Außenbeleuchtung und Frau Gothel kam heraus. Die drei !!! schalteten ihre Taschenlampen aus.

»Also …«, begann Franzi. »Das hätte ich nicht von euch erwartet!«

Wilma, Carl und Emil machten zerknirschte Gesichter. »Es ist halt so einfach, über das Mäuerchen zu steigen. Und die paar Kirschen, Himbeeren und Blumen …«, sagte Wilma mit hängendem Kopf.

Hinter den drei !!! stürmte Frau Gothel hervor. »Ich will euch mal was sagen«, rief sie aufgebracht.

Die drei !!! warfen sich einen erschrockenen Blick zu. Auch Wilma, Carl und Emil hatten damit offensichtlich nicht gerechnet. »In das alles hier«, Frau Gothel deutete mit einer ausladenden Armbewegung in ihren Garten, »stecke ich so viel Arbeit, mein Herzblut. Ich lebe von den Dingen, die ich hier anbaue. Ihr kommt hier nachts unerlaubt herein, nehmt euch, was euch gefällt, trampelt Blumen und Beete kaputt.« Frau Gothel holte tief Luft.

Marie warf Wilma und ihren Freunden einen verstohlenen Blick zu. Die drei hatten ihre Köpfe gesenkt und starrten auf den Boden oder auf ihre Schuhspitzen.

»Ihr denkt, das ist alles nur ein Spaß, ein Jux, nicht von Bedeutung. Aber mir ist mein Garten wichtig!« Marie schluckte schwer. Es tat ihr leid, die gutmütige Frau Gothel so aufgebracht zu erleben.
Wilma wischte sich mit dem Handrücken über die Augen und Marie glaubte, sogar in den Augen des coolen Emil Tränen glitzern zu sehen. Carl ergriff zuerst das Wort. »Das haben wir nicht gewollt«, sagte er leise. »Das war nur eine Mutprobe, nachts aus dem Schullandheim auszubrechen. Wirklich, wir haben uns nichts Böses dabei gedacht.«
»Es tut uns schrecklich leid«, fügte Emil hinzu, der immer noch zu Boden schaute.
Frau Gothel seufzte. »Stellt euch vor, ich würde etwas, das euch sehr am Herzen liegt, einfach wegnehmen.«
»Das würden wir natürlich auch nicht schön finden«, sagte Wilma zerknirscht.
Dann hatte Franzi eine Idee: »Wie wäre es, wenn ihr Frau Gothel morgen ein paar Stunden hier im Garten helft?«
»Das ist doch eine prima Wiedergutmachung!«, fand auch Kim.
Frau Gothel, Wilma, Emil und Carl verabredeten sich für den nächsten Tag. »Aber eins sagte ich euch«, sagte Frau Gothel. Sie drohte mit dem Finger und Marie konnte nicht erkennen, ob es ernst oder scherzhaft gemeint war. »Wenn ihr das noch einmal macht, nehme ich euch auch etwas weg, das euch viel bedeu-

tet.« Für einen kurzen Moment war es ganz still im Garten. Wilma, Carl und Emil lachten schüchtern. Dann sagte Wilma: »Wir machen das auch nicht noch mal!«

»Wann wollte Kim herkommen?«, fragte Marie. Sie striegelte Franzis Pony Tinka, während Franzi frisches Stroh in Tinkas Box verteilte. Franzi wischte sich die Stirn und schaute auf ihre Armbanduhr. »Eigentlich vor zwanzig Minuten«, antwortete sie. »Dass Kim auch in den Ferien und am Sonntag Englisch lernen muss … Die Arme«, seufzte Marie.

»Ich glaube, heute ist Mathe dran«, sagte Franzi grinsend. Dann klingelte Franzis Smartphone. »Oh, vielleicht ist sie das«, sagte Franzi, während sie ihr Smartphone aus der Hosentasche zog. Sie blickte erstaunt auf das Display und nahm den Anruf an.

Marie konnte hören, dass die Anruferin sehr aufgebracht war. Hoffentlich war bei Kim alles in Ordnung.

Nach einer Weile sagte Franzi erschrocken »Was?! Wie schrecklich. Wir kommen!« Dann ließ sie das Telefon sinken. Ängstlich blickte Marie ihre Freundin an. »Was ist passiert?«, fragte Marie drängend. »Ist was mit Kim?«

»Rapunzel ist weg«, sagte Franzi.
»Wie, weg?«, fragte Marie. Sie spürte, dass ihr ein großer Stein vom Herzen fiel, weil es nicht um Kim ging.
»Das war Wilma. Sie wollte nicht so richtig mit der Sprache herausrücken«, sagte Franzi ratlos. »Sie hat gesagt, dass Rapunzel gestern Nacht verschwunden ist, vielleicht sogar entführt wurde.«
»Wer entführt denn einen Hund?«, fragte Marie fassungslos.
»Das sollten wir so schnell wie möglich herausfinden«, sagte Franzi. »Lass uns zum See fahren und hören, was sie, Carl und Emil zu sagen haben.«
Marie klopfte Tinka auf die Flanke und seufzte. »Kann man nicht einmal einen ganz normalen Sonntag verbringen?« Sie räumte den Striegel weg. »Ich dachte, wir hätten diesen Fall schon gelöst.«
Franzi klopfte ihrer Freundin tröstend auf die Schulter. »Detektivinnen haben nie frei«, sagte sie im Rausgehen. »Das müsstest du doch langsam wissen. Gibst du Kim Bescheid?«
Franzi und Marie fuhren zum Schullandheim. Auf halber Strecke holte Kim sie ein. »Hey, wo kommst du denn her?«, rief Franzi überrascht. »Bist du geflogen oder hast du dein Fahrrad zu einem E-Bike aufgerüstet?«
»Ihr habt doch gesagt, ich soll mich beeilen«, keuchte Kim.
Am See warteten schon Wilma, Carl und Emil auf die Detektivinnen. Wilma kam sofort

auf sie zugestürzt. »Rapunzel ist immer noch weg«, rief sie und Tränen glitzerten in ihren Augen.
»Jetzt mal ganz in Ruhe und von Anfang an«, sagte Franzi beruhigend. »Was ist passiert?«
Wilma holte tief Luft. »Wir waren gestern Abend draußen unterwegs«, erklärte sie. »Und irgendwie hat es ein lautes Geräusch gegeben, das Rapunzel erschreckt hat, und sie ist weggelaufen.«
»Ihr konntet nicht sehen, wohin sie gelaufen ist?«, hakte Kim ein.
»Nein, es war ja dunkel«, sagte Emil.
»Also war es eher nachts als abends?«, fragte Marie. Sie hatte ein komisches Gefühl. Warum ließen sie sich alle Details so aus der Nase ziehen und rückten nicht mit der ganzen Geschichte heraus?
Carl seufzte. »Ja, es war nachts und schon dunkel.«
»Und wo genau wart ihr, als Rapunzel davongelaufen ist?«, wollte Franzi wissen.
Carl, Emil und Wilma warfen sich einen betretenen Blick zu und schwiegen betreten.
»Wir können euch nur helfen, wenn ihr uns die Wahrheit sagt«, sagte Marie.
»Aber ihr helft uns, oder?«, fragte Wilma unsicher.
»Ja, auf jeden Fall. Wir suchen Rapunzel«, sagte Kim.
Wilma holte tief Luft. Dann sagte sie: »Wir waren letzte Nacht in Frau Gothels Garten.«

»Was?«, riefen Kim, Franzi und Marie aufgebracht.

»Ihr habt doch erst vorgestern versprochen, diese albernen Mutproben sein zu lassen!«, sagte Marie wütend.

»Und gestern habt ihr Frau Gothel sogar in ihrem Garten geholfen, oder nicht?«, fügte Franzi hinzu. Auch ihre Stimme zitterte vor Wut.

»Aber so war es nicht!«, rief Wilma hastig.

»Also, es war wieder eine Mutprobe«, erklärte Carl. »Ein paar andere aus unserer Klasse haben mitbekommen, dass wir einige Male bei Frau Gothel eingestiegen sind und nun erwischt wurden. Sie haben zu uns gesagt, dass wir uns bestimmt nicht trauen, nachts eine Stunde auf der Mauer um Frau Gothels Garten zu sitzen.«

»Pfff«, machte Kim und schüttelte mit aufeinandergepressten Lippen den Kopf.

Franzi seufzte: »Lasst uns später über den Sinn von Mutproben sprechen. Jetzt müssen wir erst mal Rapunzel finden!« Wilma warf ihr einen dankbaren Blick zu. »Was ist genau passiert?«, wollte Franzi wissen.

»Also«, begann Wilma. »Während wir dort auf der Mauer saßen, wollten wir ein Beweisfoto von uns machen. Mit Blitz, es war schließlich stockdunkel. Das Aufleuchten des Blitzes muss Rapunzel so erschreckt haben, dass sie weggelaufen ist.« Wilma schluchzte und Carl legte seinen Arm um ihre Schultern.

»Wir haben sie wirklich überall gesucht und leise gerufen und gelockt«, berichtete Emil, »doch wir haben sie nicht mehr gefunden.«

»Heute ganz früh am Morgen waren wir noch mal dort, um Rapunzel zu suchen. Aber sie war nicht da«, erklärte Carl niedergeschlagen.

Wilma holte eine kleine silberne Pfeife aus ihrer Hosentasche. »Das ist eine Hundepfeife«, sagte sie. »Menschen können ihren Ton nicht hören. Rapunzel reagiert darauf mit einem Bellen. Doch weder im Schullandheim noch bei Frau Gothel haben wir Rapunzels Bellen gehört, nachdem ich damit gepfiffen habe.«

»Aber sie muss noch bei Frau Gothel sein«, sagte Marie laut. »Rapunzel kann ja nicht über die Mauer springen oder anderweitig den Garten verlassen.«

»Vielleicht war das Scheunentor geöffnet, das hinaus auf den Weg führt«, überlegte Kim.

»Du hast doch am Telefon etwas von Entführung gesagt«, fiel Franzi wieder ein. »Was hast du damit gemeint?«

»Frau Gothel hat doch gedroht, wenn wir noch mal in ihren Garten einbrechen, nimmt sie uns etwas weg!«, rief Emil. »Vielleicht hat sie uns gestern Abend gesehen und nun Rapunzel entführt.«

Marie lief ein kalter Schauer den Rücken hinab. Was, wenn Emil recht hatte? Sie schüttelte den Gedanken sofort wieder ab. Unmöglich, Frau Gothel würde so

etwas nicht tun! »Hat sie euch letzte Nacht gesehen?«, fragte Marie.
»Wir glauben nicht«, antwortete Wilma.
»Sind euch eure Klassenkameraden gefolgt?«, wollte Kim wissen. »Die euch die Mutprobe aufgegeben haben?«
Die drei überlegten. Emil glaubte nicht. Und warum sollten sie Rapunzel entführen? Und wo verstecken? Nein, das konnten sie sich nicht vorstellen.
Franzi schlug vor, die andere Clique trotzdem zu befragen.
Marie hatte eine Idee: »Wollen wir uns aufteilen? Dann dauert die Befragung nicht so lang und wir können Rapunzel hoffentlich schneller finden.« Kim und Franzi stimmten sofort zu. Wilma erzählte, dass alle heute im Schullandheim und am See waren, erst am späten Nachmittag sei ein Ausflug geplant. Marie ging mit Emil zum See, um dort alle Schülerinnen und Schüler zu befragen. Franzi bat Wilma um die Hundepfeife und ging mit Kim ins Schullandheim, wo sie sich die Befragungen aufteilen wollten.

Eine halbe Stunde später trafen sie sich vor dem Schullandheim wieder.
»Und?«, fragte Marie.
Franzi und Kim schüttelten die Köpfe. »Es stimmt, was die drei erzählt haben:

Ein paar Mitschüler haben mitbekommen, dass Wilma, Carl und Emil nachts aus dem Fenster gestiegen waren, um etwas anzustellen. Und es gab gestern diese Mutprobe.«

»Aber niemand weiß, wo Rapunzel ist, und keiner hat sich verdächtig oder auffällig verhalten«, erklärte Franzi. »Auch auf das Pfeifen gab es keine Reaktion. Hier ist Rapunzel also nicht.«

»Dann bleibt nur noch Frau Gothel als Verdächtige«, meinte Marie.

»Dann müssen wir bei ihr vorbeischauen«, antwortete Franzi. »Aber ich kann mir nicht vorstellen, dass sie den Hund als Racheaktion festhält.«

Kim wiegte den Kopf hin und her. »Aber sie war total sauer auf die drei. Vielleicht hat sie ihre Drohung wahr gemacht.«

»Wir sollten auf jeden Fall bei ihr vorbeischauen und sie befragen«, sagte Franzi. Die drei !!! verabschiedeten sich von Wilma, Carl und Emil und versprachen, sich zu melden, sobald es etwas Neues gab.

Hallo, Frau Gothel?«, rief Franzi. Doch die alte Frau schien nicht in ihrem Garten zu sein. Also klingelten sie an der Tür des kleinen Fachwerkhäuschens. Auch hier rührte sich

nichts. Marie dachte schon, Frau Gothel sei nicht zu Hause. Aber schließlich öffnete sie die Tür. »Oh, das ist aber eine Überraschung! Schön, dass ihr da seid!«, rief sie. »Kommt doch bitte rein.« Sie führte die drei !!! in ihre Küche, wo sie auf der Eckbank Platz nahmen.

»Frau Gothel, wir müssen Sie etwas fragen«, sagte Marie.

Frau Gothel stellte Apfelschorle und Plätzchen auf den Tisch, dann setzte sie sich auf einen Stuhl. »Was gibt's?«, fragte sie neugierig.

»Das wird Ihnen vielleicht merkwürdig vorkommen«, begann Kim, »aber haben Sie Rapunzel, den Hund von Wilma, hier bei sich?«

Frau Gothel stockte und fragte erstaunt: »Nein, warum sollte ich?«

»Na ja«, sagte Franzi vorsichtig. »Sie haben den dreien ja gedroht, sollten sie noch mal bei Ihnen einsteigen, dann nehmen Sie ihnen etwas weg …«

»Ja, und?«, fragte Frau Gothel gedehnt.

»Rapunzel ist weg.«, erklärte Kim. »Seit gestern Nacht.«

»Haben Sie den Hund?«, fragte Marie vorsichtig.

»Natürlich nicht!«, rief Frau Gothel. »Ich entführe doch keine Hunde. Und außerdem waren die drei doch nicht noch mal hier, oder?«

»Dürfen wir uns noch einmal bei Ihnen im Garten umsehen?«, fragte Franzi schnell.

»Natürlich, nur zu«, antwortete Frau Gothel.

»Das Scheunentor zu Ihrem Garten hin war in der Nacht und auch heute den ganzen Tag verschlossen?«, fragte Kim.
Frau Gothel nickte.
»Dann muss Rapunzel hier irgendwo sein«, sagte Franzi.
Die drei verließen das Haus durch den Hinterausgang und standen in dem weitläufigen Garten.
»Glauben wir ihr?«, zischte Kim.
»Ja, oder?«, fragte Franzi. »Sie schien wirklich nichts davon gewusst zu haben, dass die drei schon wieder nachts in ihrem Garten waren.«
»Ich denke auch«, sagte Marie.
»Rapunzel« rufend suchten die drei den Garten von Frau Gothel ab. Sie schauten unter Hecken und Sträuchern nach, doch von Rapunzel fehlte jede Spur. Ab und an pustete Franzi in die Hundepfeife. Doch Rapunzel antwortete nicht.
Schließlich erreichten sie den hinteren Bereich des Gartens. Hier war es etwas dichter bewachsen und fast verwunschen, fand Marie. Sie liefen unter den Obstbäumen entlang und schoben sich durch ein dorniges Gebüsch.
»Was ist das denn?«, rief Marie und strich sich über die blutenden Kratzer auf ihrem Arm. Hier stand ein halb verfallenes, altes Haus mit einem Erkertürmchen. Marie erinnerte sich, dass sie das Gemäuer bei ihrem ersten Besuch bei Frau Gothel bereits durch

das Grün der Hecke und Bäume hatten schimmern sehen. Auch Kim und Franzi waren erstaunt darüber, was der Garten von Frau Gothel hier verborgen hielt. Franzi legte die Hände trichterförmig um ihren Mund und rief laut: »Rapunzel!« Dann pfiff sie in die silberne Pfeife. Die drei !!! lauschten angestrengt.

Dann sagte Kim plötzlich: »Habt ihr das gehört?«

Marie und Franzi hielten die Köpfe schief, um besser hören zu können. »Ich höre nichts«, sagte Marie schließlich.

Franzi pfiff noch einmal. Marie lauschte gespannt. Sie konnte ein leises Winseln hören!

»Das ist Rapunzel!«, rief Franzi, die das Winseln auch gehört hatte. »Aber wo steckt sie?«

Nun erklang ein leises Kläffen. Marie drehte sich um und blickte am Gemäuer des alten Hauses hoch. »Ich glaube, Rapunzel ist da drin«, sagte sie. Sie lief zur Tür, die schon ziemlich morsch war.

»Aber wie ist Rapunzel in das Haus gekommen?«, wunderte sich Franzi. »Vielleicht ist die Tür hinter ihr zugefallen und dann ist sie allein nicht mehr herausgekommen?«

»Hier ist auch ein ziemlich großes Loch in der Wand«, rief Kim, die ums Haus gegangen war, um sich umzusehen.

Marie zog am Türgriff. »Franzi, hilf mir mal«, bat sie.

Mit Franzis Hilfe gelang es schließlich, die alte Tür zu öffnen.

»Ich dachte, wir haben gleich den Türgriff in der Hand«, sagte Franzi und putzte sich die Hände an ihrer Hose ab.

Marie lugte ins Haus. Es war dunkel und roch nach Feuchtigkeit und Staub. »Rapunzel?«, rief sie leise. Rapunzel kläffte irgendwo weiter oben. Marie betrat das Haus und setzte einen Fuß auf die Holztreppe.

»Marie, nicht!«, sagte Kim, die hinter Franzi aufgetaucht war. »Die Treppe ist so alt, vielleicht trägt dich das Holz nicht.«

Auch Franzi war besorgt: »Wir holen lieber Hilfe, Marie.«

Doch Marie setzte schon den anderen Fuß auf die zweite Stufe. Das Holz ächzte. Marie drehte sich zu ihren Freundinnen um und sagte: »Rapunzel ist vielleicht verletzt. Ich sehe nach, und dann können wir immer noch jemanden holen.«

Kim und Franzi protestierten, aber Marie drehte sich wieder zur Treppe um. Sie holte tief Luft, dann nickte sie fest, wie um sich selbst Mut zu machen. Langsam und vorsichtig nahm sie Stufe um Stufe. Die Treppe knarrte und ächzte. Unten am Fußende hörte sie Franzi und Kim stöhnen und scharf die Luft ausstoßen bei jedem Knarren der Treppe.

»Ich halte es nicht aus«, flüsterte Kim.

»Ich schaffe das!«, rief Marie. Sie war nun oben auf dem Treppenabsatz angekommen und rief noch mal nach Rapunzel. Das Bellen kam noch immer von oben. Sie musste noch eine Etage höher. Immerhin wirkte diese Treppe etwas stabiler, war aber steiler. Zum Glück konnten Franzi und Kim sie nun nicht mehr sehen. Marie atmete entschlossen durch und legte die rechte Hand fest auf das Treppengeländer. Langsam und vorsichtig lief sie hinauf. »Rapunzel?«, fragte sie leise. Hier oben war es etwas heller, aber riesige Spinnweben spannten sich unter der Decke. Marie schüttelte sich und nahm sich vor, nicht mehr nach oben zu schauen. Sie ging weiter und blieb erschrocken stehen. Im Boden klaffte ein großes Loch! » Puh, was für ein Glück! Das war knapp «, flüsterte sie erschrocken. Links von ihr hörte sie Rapunzel wimmern. Sie bog in das Zimmer ab und da lag Rapunzel. Der kleine braune Mischling wedelte aufgeregt mit dem Schwanz und bellte freudig. »Da bist du ja!«, freute sich Marie und nach unten rief sie: »Ich hab sie gefunden!«

Marie konnte Kim und Franzi jubeln hören. »Und?«, rief Franzi dann.

Marie beugte sich zu Rapunzel hinunter und streichelte sie. Sie sah, dass der Hund sein linkes Hinterbein merkwürdig von sich streckte. »Ich glaube, sie ist verletzt!« Marie kraulte Rapunzel hinter den Ohren und dachte angestrengt nach. Sie konnte Rapunzel nicht die beiden steilen Treppen hinuntertragen, sie musste sich selbst mit einer Hand am Treppengeländer festhalten. Marie schaute sich um. Sie entdeckte ein Fenster und öffnete es. Als sie schließlich hinunter schaute, kam ihr eine rettende Idee. Dann band sie ihr Halstuch ab und sagte zu dem kleinen Hund »Rapunzel, du musst jetzt ganz ruhig bleiben.« Sie breitete ihr Halstuch aus und lockte Rapunzel. Der Hund stand auf und hinkte zum Halstuch, auf das er sich sofort plumpsen ließ. »Du Arme«, sagte Marie und strich dem Hund über den Rücken. »Bald geht es dir besser.«

Marie ging zur Treppe und rief: »Rapunzel ist verletzt! Ich habe aber eine Idee. Geht raus vor das Fenster. Ich lasse sie runter!«

»Marie, das ist viel zu gefährlich!«, rief Franzi. »Sollen wir nicht lieber raufkommen?«

»Nein, ich mache das schon«, antwortete Marie.

In einer Ecke des Zimmers hatte sie ein Seil entdeckt. Sie schlug das Halstuch um Rapunzel und zog das Seil hindurch. Sie rüttelte an einem Balken, der stabil schien. Darum wickelte sie das Ende des Seiles. Dann nahm sie die eingepackte Rapunzel in die Arme und flüsterte: »Keine Angst.« Kim und Franzi

standen schon unten. Marie hob Rapunzel über den Fensterrahmen und ließ sie langsam herunter. Rapunzel blieb ganz ruhig und schaute nur neugierig aus dem Tuch heraus. »Hundepäckchen bereit zur Landung«, rief Marie. Das Seil schnitt ihr etwas in die Hände, aber das bemerkte sie gar nicht. Vorsichtig seilte sie Rapunzel Stück für Stück ab. Franzi und Kim trauten ihren Augen nicht. »Ich glaub's nicht«, sagte Kim an Franzi gewandt.

Franzi grinste. Sie schirmte ihre Augen mit der Hand ab, schaute nach oben und rief: »Rapunzel, Rapunzel, lass dein Haar herunter!« Kim prustete los.

Marie ächzte: »Haha, ich lache später!«

Rapunzel schwebte jetzt wenige Zentimeter über Kim und Franzi, die ihre Arme nach oben reckten, um Rapunzel in Empfang zu nehmen.

»Habt ihr sie?«, rief Marie von oben. Franzi drückte Rapunzel fest an ihre Brust und ging langsam in die Hocke. Sie setzte Rapunzel vorsichtig im Gras ab.

»Hund ist gelandet!«, rief Kim.

»Yes!«, rief Marie glücklich und eilte, so schnell es die alten Böden und Treppen zuließen, nach draußen.

Gemeinsam trugen sie Rapunzel zu Frau Gothel. Die alte Frau hatte sie schon aus dem Küchenfenster gesehen und eilte ihnen entgegen. »Ach du liebe Zeit«, rief sie. »Was ist denn passiert?« Sie streichelte Rapunzel, die immer noch zufrieden aus ihrem Halstuchmantel herausguckte.

Kim, Franzi und Marie fassten schnell zusammen, was geschehen war. Frau Gothel war ganz außer sich, dass Marie in das halb verfallene Haus gegangen war.
»Es ist ja nichts passiert«, beruhigte Marie sie. »Und es kommt bestimmt nicht noch mal vor.«
»Na, das will ich auch hoffen«. Frau Gothel schien nur leicht beruhigt.
»Haben Sie vielleicht eine Schubkarre oder einen kleinen Bollerwagen, den Sie uns für ein paar Stunden leihen könnten?«, fragte Franzi.
Frau Gothel überlegte. »Leider nicht. Aber einen Fahrradanhänger!«
»Noch besser«, ächzte Franzi. Rapunzel wurde langsam schwer. Schnell holte Frau Gothel den Fahrradanhänger aus dem Schuppen, außerdem noch ein Gartenstuhlkissen, das sie hineinlegte. Darauf betteten sie Rapunzel. Franzi koppelte den Anhänger an ihr Rad. Dann rief sie Wilma an, um ihr von der Rettung Rapunzels zu erzählen und dass sie jetzt mit dem verletzten Hund zur Tierarztpraxis ihres Vaters fuhren, der Rapunzel untersuchen würde.
Wild mit ihren Fahrradklingeln bimmelnd rollten sie von Frau Gothels Hof. Franzi fuhr mit Rapunzel voran. Kim und Marie folgten ihr und konnten bald schon vor Lachen kaum noch geradeaus fahren, weil Rapunzel ihren Kopf aus dem Anhänger streckte und ihre Zunge und ihre Ohren im Fahrtwind flatterten.

Da seid ihr ja!«, rief Frau Gothel und winkte. Schüchtern kamen Wilma, Emil und Carl durch das Scheunentor. Hinter Wilma humpelte Rapunzel, deren Hinterbein verbunden und geschient war. Kim, Franzi und Marie saßen bereits am großen Gartentisch, auf dem ein großer Strauß Gartenblumen stand.
»Setzt euch, setzt euch!«, sagte Frau Gothel freudestrahlend. »Ich hole nur eben den Kuchen und die Limo – ich hoffe, ihr mögt Stachelbeertorte.«
»Klar!«, rief Kim laut. Die anderen lachten. Franzi und Marie standen auf, um Frau Gothel zu helfen. Sie verteilten Teller und Kuchengabeln und gossen Himbeer-Limo in die Gläser. Dann stellte Frau Gothel die große Torte auf den Tisch. »Jetzt stoßen wir erst mal an«, sagte sie. Alle erhoben ihre Gläser mit der rosafarbenen Limo.
»Auf die Rettung von Rapunzel!«, sagte Emil.
»Auf neue Gartenfreunde«, sagte Frau Gothel und zwinkerte Carl, Emil und Wilma zu.
»Und auf die besten Detektivinnen der Welt!«, sagte Wilma. Dann stießen sie ihre Gläser aneinander. Als Marie ihr Glas wieder abstellte, war sie sich sicher, dass der Grund für das glückliche Prickeln in ihrem Bauch bestimmt nicht nur die Limo war.

KNUSPER-
KOMPLOTT

Es war einmal ... eine Kekspackung in dieser Tasche!« Kim hielt ihren bunten Jutebeutel hoch. Vorwurfsvoll sah sie Franzi und Marie an. »Gebt es freiwillig zu, ihr habt sie gegessen, als ich mir die Limo geholt habe. Ich bekomme es sowieso heraus!«

Marie kicherte. »Da habe ich keine Zweifel. Aber bevor du Fingerabdrücke von uns nimmst, gestehe ich alles: Ich habe die Kekse gerade verkauft. Da wollte ein Kunde fünf Packungen und wir hatten nur noch vier. Ich habe schon bei *Grimms Zuckerbäckerei* angerufen. Greta bringt gleich Nachschub.«

»Euer Glück«, brummte Kim versöhnt. »Ich freue mich nämlich schon die ganze Zeit auf eine Tasse Kakao, ein paar Kekse und ein heißes Bad heute Abend. Gutes tun ist super, aber auch ziemlich anstrengend.«

Franzi nickte. »Die Aktion läuft besser, als ich dachte. Das Tierheim wird begeistert sein! Ich würde schätzen, wir haben Kekse für mehrere hundert Euro verkauft.«

Franzis Vater, der Tierarzt war, hatte die bekannte und traditionsreiche Konditorei *Grimms Zuckerbäckerei* überzeugen können, bei einem Keksverkauf zugunsten des örtlichen Tierheims mitzuwirken. Herr Winkler hatte die Konditorei allerdings nicht lange bitten müssen: Sie hatten gerne zugesagt. Genau wie Marie, Franzi und Kim als Verkäuferinnen.

Nun standen die drei !!! schon den zwei-

ten Tag nach der Schule in der Innenstadt. Vor ihnen ein geschmückter Tisch mit den Flyern des Tierheims und den hübsch verpackten Keksen der *Zuckerbäckerei.*

Gerade eben aber war der Tisch leer gekauft.

Franzi sah auf ihr Handy. »Wo bleibt Greta denn? Sie wollte doch schon hier sein?«

In diesem Augenblick winkte ein Mädchen, das ein über und über bepacktes grünes Lastenfahrrad schob.

»Da ist sie schon«, antwortete Kim. »Mit vielen, vielen Keksen. Und eine Tüte davon ist meine!«

»Entschuldigung«, meinte Greta und bockte das Fahrrad

auf den Ständer auf. Dann nahm sie ihren Helm ab und schüttelte die langen braunen Haare. »Ich habe vergessen, dass man um diese Uhrzeit nicht durch die Fußgängerzone fahren darf. Außerdem musste ich alles alleine packen. Meine Mutter hat einen Termin bei der Bank und meinen Bruder konnte ich nicht finden. Was sehr seltsam ist, denn Hannes hatte hoch und heilig versprochen, mir zu helfen. Aber nun bin ich ja da!« Sie hob eine Kiste von der Ladefläche und stellte sie auf den Verkaufstisch. Schnell packte sie die grün-rot geringelten spitzen Papiertütchen aus und legte sie in die dafür vorgesehenen Weidenkörbe.

Kim, Franzi und Marie halfen ihr. Sofort kamen einige Passanten an den Tisch. Als sie hörten, dass sie mit ihrem Kauf gleichzeitig eine gute Tat vollbringen konnten, griffen die meisten zu und kauften nicht nur eine Tüte Kekse, sondern gleich zwei oder drei.

»Wenn das so weiter geht, muss Greta direkt wieder zurück fahren, um neue Kekse aus der *Zuckerbäckerei* zu holen«, freute sich Marie.

»Und Kim sollte sich beeilen, sonst bleibt kein einziger Kekskrümel für sie übrig.« Franzi zwinkerte ihrer Freundin zu.

»Da hast du absolut recht!« Kim öffnete ihren Jutebeutel und sicherte sich schnell eine der Tüten. Dieser Tag durfte auf keinen Fall keksfrei zu Ende gehen.

Schon eine Stunde später war der Stand erneut ausverkauft. Greta lächelte selig. »Das ist wirklich toll, dass uns Herr Winkler diese Möglichkeit gegeben hat und wir so für uns werben können. Es gibt die *Zuckerbäckerei* nun schon seit 150 Jahren. Wir waren sogar der Lebkuchen-Hoflieferant des deutschen Kaisers. Und trotzdem verkaufen wir immer weniger. Das könnte sich durch diese Aktion ändern.« Sie packte die leere Kiste und verstaute sie auf der Ladefläche des Fahrrads. Dann nahm sie ihr Telefon, tippte und starrte darauf. Je länger sie dastand, desto finsterer und besorgter wurde ihr Gesichtsausdruck.

»Ist etwas passiert?«, fragte Marie.

Greta zuckte mit den Schultern und ließ das Handy sinken. »Ich erreiche Hannes immer noch nicht. Er geht nicht ans Telefon und reagiert auf keine meiner Nachrichten. Ich verstehe das nicht. Wir hatten ausgemacht, dass wir heute Abend eine neue Ration Kekse backen und zuvor fürs Abendessen einkaufen gehen.«

»*Wir* können dir doch helfen«, bot Kim an. »Ich habe zu Hause gesagt, dass ich erst gegen Abend auftauche. Jetzt ist es genau drei Uhr. Ich habe noch Zeit!«

Franzi und Marie nickten.

»Das Gleiche bei mir«, meinte Marie.

»Ich kann auch mitkommen und helfen«, pflichtete Franzi ihren Freundinnen bei.

Greta strahlte. »Das ist supernett von euch. Ich nehme euer Angebot gerne an!«

Im nächsten Supermarkt kauften sie die Lebensmittel ein und packten alles auf Gretas Fahrrad. Zum Dank für ihre Hilfe lud Greta die drei !!! in die *Zuckerbäckerei* auf eine Tasse Kakao und die berühmten Lebkuchen, die nach einem alten, geheimen Familienrezept gebacken wurden, ein.

Während des gesamten Einkaufs hatte Greta immer wieder unruhig ihr Handy gecheckt, aber Hannes hatte sich offenbar immer noch nicht gemeldet.

Kim konnte in Gretas Augen sehen, dass sie sich große Sorgen machte.

Doch Greta versuchte, sich ihren Kummer nicht anmerken zu lassen, und öffnete stolz das schmiedeeiserne Tor, das in den Hinterhof der Bäckerei führte. Dort stellte sie das Rad ab und bat die drei !!!, vor der Eingangstür der Bäckerei auf sie zu warten. Sie selbst wollte schnell in die Wohnung, die sich oberhalb der Bäckerei befand, um nachzusehen, ob Hannes dort war. Nach ein paar Minuten kam sie wieder und schüttelte den Kopf. »Er ist wie vom Erdboden verschwunden«, murmelte sie, »aber

jetzt kommt erst einmal rein in die gute Backstube. Eine Tasse Kakao ordnet bestimmt auch meine Gedanken.« Sie lächelte tapfer.

Kim war schon häufiger an der Konditorei vorbeigegangen, hatte sie aber noch nie näher betrachtet. Nun, da sie den mit goldenen Holzschnitzereien verzierten Türstock, die schwere, ebenso kunstvoll gestaltete Tür und das wunderschön dekorierte Schaufenster sah, schien ihr das ein echter Fehler gewesen zu sein. Bewundernd stand sie davor.

»Ich bin erst letzte Woche damit fertig geworden«, meinte Greta stolz.

Marie sah Greta erstaunt an. »Hast *du* das Fenster dekoriert?«, fragte sie. »Diese tolle bunte Lebkuchenstadt? Das sieht zum Anbeißen aus! Der Park mit den kleinen Buden und dem Teich und das kleine niedliche Haus dahinten«, schwärmte sie weiter. »Ich würde mich nicht wundern, wenn das das Lebkuchenhaus von Hänsel und Gretel wäre – nur ohne die böse Hexe.«

Greta lachte geschmeichelt. »Ja, das habe ich gebastelt und gebacken. Ich möchte gerne Innenarchitektin werden und hier kann ich mich in Sachen Modellbau schon einmal austoben. Im Winter hatten wir eine Zwergenbackstube. Das hat auch total viel Spaß gemacht.«

»Dann wirst du gar nicht Konditorin?«, fragte Franzi erstaunt. »Ich dachte, die *Zuckerbäckerei* ist ein Familienbetrieb.«

»Hannes wird den Laden übernehmen«, antwortete Greta ein wenig traurig. »Für zwei reicht der Umsatz einfach nicht. Aber mithelfen werde ich bestimmt immer. Dazu macht mir das Backen zu viel Spaß. Und außerdem fühle ich mich in der *Zuckerbäckerei* sehr wohl. Aber das Leben ist halt kein Märchen, bei dem einem die gute Fee drei Wünsche gewährt.« Sie öffnete die Ladentüre, deren Knauf ein runder Lebkuchen aus Messing war, und hielt sie für die drei !!! auf.

Kim stieg ein wunderbarer Duft in die Nase:

Zimt, Nelken, Koriander, Vanille und Orange. Mmmh, sie verstand augenblicklich, was Greta gemeint hatte. Dieser Geruch war einfach märchenhaft.

Genauso märchenhaft war die Einrichtung: ein Tresen aus dunklem Holz, auf den Motive aus Schneewittchen, dem Froschkönig, Aschenputtel und Rotkäppchen gemalt waren. Auf dem Tresen stand keine moderne Computerkasse, sondern ein altes Modell mit Kurbel und Tasten wie bei einer Schreibmaschine. Dahinter bedeckte ein herrlicher Apothekerschrank mit unendlich vielen Schubladen die Wand. In verschnörkelter Schrift war auf den einzelnen Laden vermerkt, was sie enthielten: Kakaopulver, Mehl, Zucker, Hirschhornsalz und noch vieles mehr.

An den Wänden hingen Fotos in goldenen Bilderrahmen. Darauf waren berühmte Persönlichkeiten abgebildet – unter ihnen Kaiser Wilhelm –, die hier Lebkuchen gekauft hatten.

Verschnörkelte Säulen, die in der Mitte des Raumes aufragten, stützten eine himmelblaue Kuppeldecke, von der eine gemalte Sonne strahlte.

Kim kam sich vor, als hätte sie jemand in eine andere Zeit versetzt.

Greta schien Kims Blick zu bemerken. »Wir arbeiten hier fast in einem Museum«, erklärte sie den drei !!! stolz. »Es gibt kaum mehr so gut erhaltene Läden, die noch in Betrieb sind.«

»Das muss ich meiner Mutter zeigen«, flüsterte

Franzi entzückt. »Das wird der perfekte Muttertags-Ausflug! Sie wird begeistert sein.«
»Zum nächsten Muttertag? Im Mai?«, unterbrach sie jemand. »Wenn du Glück hast, gibt es den Laden da noch. Ich glaube es allerdings nicht.« Ein kleiner runder Mann mit Halbglatze war hinter dem Tresen erschienen und stellte einen frisch gewaschenen Stapel Teller ins Regal. »Gerade verhandelt meine Frau Jana mit der Bank. Sie will ihnen vorschlagen, dass wir die *Zuckerbäckerei* modernisieren. Damit wir einen weiteren Kredit bekommen. Dann ist der Traum vom Lebkuchenbacken mit den alten Formen und den teuren Zutaten ausgeträumt und wir haben hier Maschinen stehen, die mehr produzieren können als ein paar Dutzend Lebkuchen am Tag. Dazu irgendeine hippe Marketingstrategie, die ein breiteres Publikum anspricht.« Der Mann seufzte.
»Darf ich vorstellen? Max Grimm. Mein Stiefvater«, meinte Greta. »Und das sind Kim, Franzi und Marie.«
Max lächelte. »Wie nett. Ihr seid die drei, die helfen, unsere Kekse zu verkaufen. Schön, euch kennenzulernen. Greta hat mir gestern schon viel von euch erzählt. Macht es euch gemütlich!«
Er war gerade im Begriff, wieder in die Backstube zu gehen, als Greta fragte: »Hast du Hannes gesehen? Wir waren verabredet, aber er ist nicht gekommen.«
Ihr Stiefvater drehte sich noch einmal um und zuckte mit den Schultern. »Nein, tut mir leid. Ich habe nur mitbekommen,

dass er sich vorhin mit Jana gezofft hat. Er wollte nicht, dass sie der Bank ihre neuen Ideen vorstellt. Er hat ihr Verrat an unserer uralten Lebkuchentradition vorgeworfen. Vielleicht schmollt er? Ich muss jetzt leider weg. Wenn du mich brauchst, ruf auf meinem Handy an, in Ordnung?« Greta nickte und Max verschwand.

»Du hast aber einen netten Stiefvater«, sagte Marie. »Der ist ja mit ganzem Herzblut Zuckerbäcker.«

»Allerdings kennt er die geheimen Zutaten der Lebkuchen nicht. Die kennen nur meine Mutter und Hannes. Hannes durfte sein Erbe mit Beginn der Konditorlehre antreten«, antwortete Greta. »Aber stimmt schon, Max passt wirklich gut zu uns. Trotzdem werden wir die *Zuckerbäckerei* so wohl nicht fortführen können. Ihr habt es ja gehört.« Sie blickte traurig auf die Torten in der Kühltheke. Dann trat sie hinter den Tresen und nahm vier große weiße Tassen aus dem Regal, stellte sie unter den Kaffeeautomaten und schäumte mit einem lauten Zischen Milch auf. Sie goss in jede der Tassen ein kleines Kännchen geschmolzene Schokolade und rührte um. Es duftete himmlisch! Zum Schluss schnitt Greta noch vier Lebkuchen auseinander und reichte sie den drei !!!.

Kim biss hinein, die Zuckerglasur knackte und der würzige Geschmack nach Nüssen, Zimt und Nelken war umwerfend.

»Ich will unbedingt welche für zu Hause mitnehmen«, mampfte sie. »Koste es, was es wolle!«

Greta lachte. »Ich schaue mal in die Backstube, ob wir noch etwas Lebkuchenbruch haben. Den kannst du dann gerne bekommen! Ganz kostenlos.«

»Lebkuchenbruch?«, fragte Kim.

»Lebkuchen, die nicht verkauft werden, weil sie eine Delle haben oder die Glasur nicht gleichmäßig ist«, erklärte Greta aus der Küche. Kim hörte Töpfe klappern. »Ah, zum Glück«, rief Greta kurze Zeit später und kam mit einer Tüte Lebkuchenbruch in der einen und einem Zettel in der anderen Hand zurück. Sie kicherte. »Ich muss Hannes wirklich sagen, dass er zu altmodisch ist. Warum schreibt er denn einen Zettel, wo er ist, und keine Nachricht aufs Handy? Wahrscheinlich hat er inmitten der ganzen alten Rezeptbücher vergessen, dass es die moderne Technik überhaupt gibt.«

Marie nahm das Blatt Papier in die Hand. »Darf ich die Nachricht lesen?«, fragte Kim.

Greta nickte.

»*Hallo Mama, Greta und Max, bin für ein paar Tage mit dem Zug zu Lukas nach Siebenbergel gefahren. Muss nach dem Streit mit Mama erst einmal nachdenken. Melde mich, wenn ich bei Lucas angekommen bin. Liebe Grüße, Hannes*«, las Kim den mit Computer geschriebenen Brief vor. Dann blickte sie Greta fragend an. »Klingt so, als wäre alles in Ordnung. Es gab einen Streit und Hannes ist bei seinem Freund Lukas«, meinte sie. Dann stutzte sie und las den Brief erneut. »Mir fällt da etwas Komisches auf: Ich weiß nicht, ob es was bedeutet, aber Hannes hat Lukas einmal mit einem ›k‹ und einmal mit einem ›c‹ geschrieben.«

Greta wurde plötzlich weiß wie das Geschirr hinter ihr im Schrank. »Echt? Das habe ich gar nicht bemerkt«, meinte sie erschrocken. Sie nahm Kim das Papier aus der Hand und überflog die Zeilen noch einmal.

»Dann ist dieser Brief ist auf keinen Fall von Hannes«, sagte sie mit unterdrückter Panik in der Stimme. »Lucas wird mit ›c‹ geschrieben. Hannes macht sich immer darüber lustig, dass sich das niemand merken kann. Aber er selbst würde diesen Fehler niemals machen. Der Brief muss eine Fälschung sein. Hannes ist etwas passiert, da bin ich absolut sicher. Ich gehe sofort zur Polizei.«

Franzi stellte ihren Kakao ab und legte Greta den Arm um die Schulter. »Erst mal tief durchatmen«, riet sie ihr. »Um die Polizei einzuschalten, ist es noch zu früh. Hannes ist erst ein paar Stunden weg. Und er ist beinahe erwachsen, richtig? Ich befürchte, da wird die Polizei nur zur Geduld raten.«

Greta schossen die Tränen in die Augen und sie deutete auf

den Brief. »Aber wenn ich doch hier den Beweis habe, dass etwas nicht stimmt!«
»So ist das also«, antwortete Marie geistesabwesend und tippte wie wild auf ihrem Handy herum.
»Marie, ist alles in Ordnung?«, fragte Kim. Doch Marie war in das Display ihres Handys vertieft.
»Dachte ich es mir doch!«, sagte sie dann triumphierend. »Siebenbergel, das kam mir gleich so bekannt vor. Ich habe recherchiert und noch einen Beweis, dass der Brief gefälscht sein muss.«
»Ich verstehe nur Bahnhof«, meinte Franzi.
»Genau! Bahnhof, das meine ich ja!«, bestätigte Marie aufgeregt. »In dem Brief steht doch, dass Hannes mit dem Zug gefahren ist. Aber Siebenbergel hat seit drei Jahren keinen Bahnhof mehr.« Sie hielt ihr Handy zum Beweis hoch. »Hier, es gab riesige Proteste, als das Dorf aus dem Streckennetz genommen wurde. Ich weiß, dass ich damals mit meinem Vater in der Nähe gewesen bin. Es ist also nicht möglich, dass Hannes dorthin mit dem Zug gefahren ist!«
»Sehr gute Arbeit, Marie!«, lobte Kim ihre Freundin. »Das bestätigt den Verdacht aufs Schärfste! Hier ist tatsächlich etwas oberfaul.«
Greta begann heftig zu weinen und suchte nach einem Taschentuch.
»Wir können dir helfen«, meinte Kim sanft. »Wir sind Detektivinnen und solche rätselhaften Fälle sind unsere Spe-

zialität.« Sie kramte in der Hosentasche nach einer Visitenkarte, fand aber keine.

»Ich würde dir gerne unsere Karte geben, aber ich befürchte, die Hose, in der die Kartenbox steckt, ist gerade in der Wäsche«, sagte sie entschuldigend.

»Ihr seid Detektivinnen?«, fragte Greta hoffnungsvoll und schnäuzte sich kräftig. »Bitte helft mir. Was kann ich denn jetzt tun? Mein Kopf ist vollkommen leer, ich kann vor lauter Sorge gar keinen klaren Gedanken fassen.«

»Ist doch ganz logisch«, meinte Marie. »Wir überlegen gemeinsam, was passiert sein könnte. Und dann finden wir deinen Bruder!«

Kim holte ihr Detektivtagebuch und einen Stift hervor. »Ich fasse zusammen, und wenn etwas nicht stimmt, korrigierst du mich, in Ordnung?«

Greta nickte tapfer.

»Du warst mit Hannes verabredet und er ist nicht erschienen. Dann war er heute Mittag nicht in der Backstube wie üblich, obwohl ihr viel zu tun habt. Und er hat dir nicht wie sonst Bescheid gesagt, wo er ist«, begann Kim.

»Außerdem findest du hier einen Brief, angeblich von deinem Bruder, der aber gefälscht ist, weil der Name von Hannes bestem Freund falsch geschrieben wurde und Siebenbergel überhaupt keinen Bahnhof mehr hat, Hannes' also nicht mit dem Zug dorthin gefahren sein kann«, fuhr Franzi fort.

»Stimmt alles«, bestätigte Greta.

»Derjenige oder diejenige, die den Brief geschrieben hat, will euch in trügerischer Sicherheit wiegen, dass es Hannes gut geht«, meinte Marie. »Nun sollten wir überlegen, wer etwas davon haben könnte, dass dein Bruder nicht hier ist.«

Greta sah die drei !!! erschrocken an. »Etwas davon haben? Das verstehe ich nicht.«

Kim holte ihr Fingerabdruckset aus dem Rucksack. »Ich verstehe es selbst noch nicht, aber vielleicht hilft es uns weiter, ein paar Spuren zu suchen. Diese Tellerstapel, trägt die immer dein Stiefvater herein?«, fragte sie.

»Nein, leider nicht nur er«, antwortete Greta. »Wer gerade die Spülmaschine ausräumt, stellt danach auch die Teller ins Regal.«

»Dann sollten wir da wunderbare Fingerabdrücke von Hannes, deiner Mutter und von Max bekommen. Deine und meine kriegen wir ja leichter.« Sie drückte erst ihre und dann Gretas Daumenkuppen in ein Stempelkissen und nahm einen Abdruck. Dann strich sie Grafitpulver über den Brief. An der Seite wurden deutliche Fingerabdrücke sichtbar. Kim sicherte alle gekonnt und ging zu den Tellerstapeln. Erst nahm sie sich den vor, den Max vorhin gebracht hatte. Dort strich sie ebenfalls Grafitpulver auf die Oberfläche des Porzellans. Zufrieden blickte sie den obersten Teller an. »Perfekt«, freute sie sich. Sie sicherte diese ebenfalls mit einem Klebeband und verglich sie mit den Abdrücken auf dem Briefpapier.

»Die deines Stiefvaters kann ich gar nicht finden«, meinte sie. »Er hatte den Brief also nicht in der Hand.«
»Er kommt also nicht infrage? Das hätte mich auch gewundert«, meinte Greta.
»Es ist immer gut, alles zu überprüfen«, sagte Franzi. »Dann wollen wir doch mal weitersehen.«
»Wir müssen nichts weitersehen«, sagte Greta besorgt. »Außer den Abdrücken von Kim und mir gibt es nur noch einen anderen Daumenabdruck auf dem Brief. Wenn Hannes die Nachricht nicht selbst geschrieben hat, dann können die Abdrücke nur von meiner Mutter stammen.«
Marie nickte. »Aber warum?«
»Könnte doch sein, dass deine Mutter Hannes aus dem Weg haben wollte, weil sie Angst hatte, dass er den Termin bei der Bank verhindern will«, meinte Franzi »Schließlich hatten sie Streit deswegen.«
»Kommt denn wirklich niemand sonst in die Backstube, der den Brief hingelegt haben könnte? Lieferanten? Oder hatte Hannes Feinde?«, fragte Marie.
»Nein«, antwortete Greta. »Der Drucker steht im Büro und da kommt man nur über die Backstube hin. In die Backstube darf nur die Familie. Und wenn Lebkuchen gebacken werden, sogar nur meine Mutter und Hannes. Denn nur sie kennen das geheime Lebkuchenrezept.«

Sie hielt einen Moment inne und überlegte weiter:
»Und Feinde? Keine Ahnung. Hannes hat doch seit Monaten nur noch die Konditorlehre im Kopf. Ich weiß nicht mal, ob er außer Lucas überhaupt noch *Freunde* hat!« Greta blickte die drei !!! traurig an. »Wenn ihr mich vor einem Jahr gefragt hättet, hätte ich euch das eher beantworten können. Ich weiß kaum noch etwas von ihm.«
»Vielleicht sollten wir diesen Lucas fragen, ob er etwas weiß? Schließlich ist er Hannes' bester Freund«, schlug Franzi vor. »Greta, hast du seine Nummer?«
»Klar habe ich die«, meinte Greta und nahm ihr Handy zur Hand, das sie auf den Tresen gelegt hatte.
Als sie ihre PIN eingegeben hatte, stutzte sie und starrte auf ihr Display.
»Mit dem Anruf warten wir besser noch. Hier ist ein neues Foto in der Familienfotocloud aufgepoppt, das ich euch unbedingt zeigen muss!«
Kim, Franzi und Marie beugte sich neugierig über Gretas Handy. Kim konnte im ersten Augenblick nur verschwommene Umrisse und etwas Rundes, Helles erkennen.
»Was soll denn das sein?«, fragte Franzi und sprach damit aus, was Kim dachte.
»Das könnte ein Keks sein«, meinte Greta. »Das ist ja merkwürdig. Was macht ein Foto von einem Keks hier in unserer Familiencloud?«

»Und was ist das im Hintergrund?«, fragte Marie. »Ist das in einem Auto aufgenommen worden? Sieht aus wie ein Anschnallgurt, oder?«

Nun deutete Kim aufgeregt auf den zweiten hellen Fleck auf dem Bild. In der Mitte prangte eine grüne Kugel. »Ist das ein Fenster? Und das … ein Baum?«

»Könnte durchaus sein«, sagte Franzi. »Wer nutzt eure Familiencloud?«

»Nur Mama, Hannes und ich. Wir finden es schön, wenn wir gegenseitig unsere Fotos sehen können. Max hat kein Smartphone, sondern ein Tastenhandy. Er ist da altmodisch.«

»Dann ist das Bild von Hannes oder von deiner Mutter, richtig?«, fragte Kim.

»Von Hannes!«, rief Greta laut. »Es muss eine Nachricht von Hannes sein. Die Kamera am Telefon meiner Mutter ist schon seit Wochen kaputt. Sie hat die Reparatur aus Geldmangel immer wieder verschoben.« Vor Aufregung glühten ihre Wangen rot und sie rieb sich die Hände.

»Somit haben wir ein Lebenszeichen. Allerdings ein ziemlich unscharfes«, meinte Marie. »Wahrscheinlich hat Hannes das Foto heimlich machen müssen.«

»Aber wir können mit diesem Lebenszeichen nichts anfangen, oder?«, grübelte Franzi. »Ein Keks auf einem Autositz und eventuell – wenn du das Ganze richtig deutest, Kim – könnte der grüne Fleck ein Baum sein. Wir wissen zwar, dass von Hannes oder zumindest von Hannes' Telefon aus ein Foto gemacht wurde. Das ist es aber auch schon.«

»Nicht ganz!« Kim überlegte und knetete dabei ihre Unterlippe. »Ein digitales Foto kann durchaus noch weitere Informationen liefern. Vorausgesetzt, sie wurden nicht unterdrückt. Darf ich mal dein Handy haben, Greta?«

Greta sah Kim verblüfft an und reichte ihr das Telefon. Konzentriert tippte und wischte Kim, bis sie die anderen zufrieden ansah. »Perfekt. Wir wissen jetzt genau, dass das Foto von Hannes' Handy kommt. Gut, das wussten wir auch schon vorher. Aber nicht, *wo* und *wann* das Foto aufgenommen wurde. Hier steht: westliche Vorstadt. 16:57 Uhr. Das war vor fünf Minuten.«

»Das heißt, Hannes war vor fünf Minuten in der westlichen Vorstadt«, wiederholte Greta nachdenklich.

»Der Baum«, meinte Kim, »könnte auf die Westallee hindeuten. Ich weiß, dass die mit großen kugelförmigen Ahornbäumen gesäumt ist.«

»Allerdings sitzt Hannes in einem Auto. Wir wissen zwar, wo er vor fünf Minuten war, aber nicht, wo er jetzt ist.« Marie verschränkte die Arme. »Trotzdem haben wir nun zumindest einen Ausgangspunkt für unsere Ermittlungen.«

Im nächsten Augenblick machte es »PLING«.

»Ein neues Foto«, jubelte Greta. »Der Keks ist angebissen oder abgebrochen und durch die Fensterscheibe ist ein Hügel zu sehen!«

»Dann ist meine Vermutung richtig«, sagte Kim zufrieden. »Das Besondere der Westallee ist nämlich, dass sie über sieben kleine Berge führt.«

»Stimmt, da war neulich ein Artikel in der Zeitung«, kicherte Franzi. »*Die Straße, die über sieben Berge zu den sieben Zwergen führt* … irgendwie so hieß die Schlagzeile.«

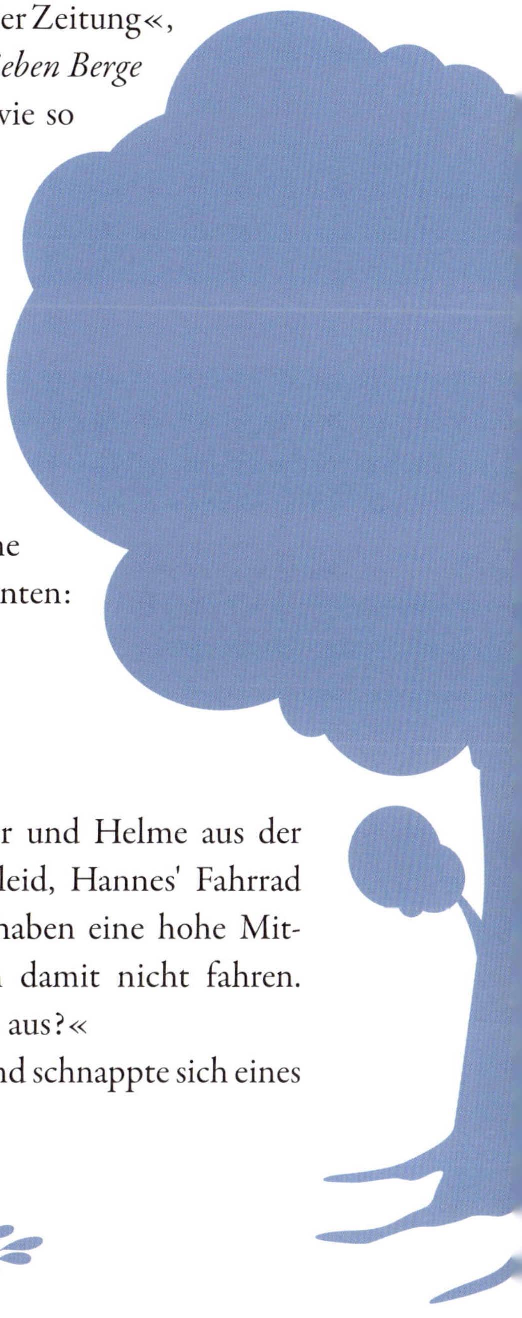

»Wir sollten so schnell wie möglich los«, sagte Marie ernst. »Und dafür brauchen wir Energie: die drei !!!. Eins!« Sie streckte ihre Hand nach vorne.

Kim schlug als Nächste ein und rief: »Zwei!«, und Franzi folgte mit: »Drei!« Dann warfen sie ihre Arme nach oben und schrien, so laut sie konnten: »Power!!!«

Greta holte Fahrräder und Helme aus der Garage. »Tut mir leid, Hannes' Fahrrad und das von Max haben eine hohe Mittelstange. Ich kann damit nicht fahren. Macht euch das was aus?«

»Gar nicht«, beruhigte Franzi Greta und schnappte sich eines

der Herrenfahrräder. Kim nahm das zweite und Marie fuhr auf dem türkisfarbenen Hollandrad von Gretas Mutter.
PLING! Greta hielt das Handy hoch. Hannes hatte erneut ein Bild gesendet. Der Keks war kleiner, um die Bissstelle lagen Krümel und der erneut total verschwommene Blick aus dem Fenster zeigte ein paar Steine an einem Waldrand.
Sie fuhren schnell in Richtung Westen und Kim war froh, nicht den ganzen Lebkuchen gegessen zu haben. Sport an sich war nicht gerade ihre Lieblingsbeschäftigung. Aber Sport mit klebrigem Lebkuchenmagen war überhaupt nicht ihr Ding. Kims Gedanken kreisten um Hannes. Sie folgten ihm auf der

richtigen Fährte, so viel war sicher. Aber warum war Hannes in diesem Auto? Hatte ihn jemand entführt?

Franzi, die an der Spitze radelte, bremste neben einem kleinen Findling, der neben sechs anderen auf der Wiese neben dem Waldrand stand. Sie zeigte auf die Steine. »Die waren auf dem Foto zu sehen. Hier steht eine Erklärungs-Tafel: *Die sieben Zwerge.* Ein Künstler hat sie aufgestellt und sein Kunstwerk so märchenhaft benannt. Passend zu den sieben Bergen«, sagte sie.

»Da fragt man sich nur, wo Schneewittchen bleibt«, kicherte Marie.

Nun schloss auch Greta zu den drei !!! auf. Sie hielt schnaufend neben Franzi an. »Pause, zum Glück. Ich dachte, ich bin wegen der Lieferungen für die Konditorei gut trainiert, aber das ist nichts gegen dich, Franzi. Schaut mal, es gibt drei neue Bilder.«

Kim besah sich die Fotos. Der Keks war kaum mehr zu sehen und der trübe Blick aus dem Autofenster brachte nichts Neues: blauer Himmel und auf einem der drei Bilder ein Schatten – vermutlich eines schwarzen Vogels –, der seine Kreise drehte. Die Ortsinformationen der Fotos bestätigten allerdings, dass sie sich weiterhin auf dem richtigen Weg befanden.

»Ich habe ein deutliches Kribbeln im Bauch«, meinte Kim. »So, als ob wir bald am Ziel wären.«

»Stimmt«, pflichtete Marie ihrer Freundin bei. »Der Keks auf den Fotos ist beinahe aufgegessen. Das ist bestimmt das Ende der Spur.«

»Huch, was ist das denn?« Franzi deutete auf etwas, das über den Wipfeln der Nadelbäume thronte. »Seht euch das riesige Schild an. Zwei überkreuzte schwarze Besen und ein roter Keks in der Mitte.«

»Das Logo der Firma *Hexbäck*«, sagten Marie und Greta gleichzeitig.

»Dieser Keks hat die gleichen Zacken wie auf den Fotos von Hannes«, überlegte Kim. »Hat er etwa mit Absicht den Keks eurer Konkurrenz fotografiert? Vielleicht will er etwas damit sagen?«

»Kommt noch ein Stück weiter«, forderte Franzi sie auf. »Zu diesem Riesenschild gehört ein Riesengebäude. Die haben hier im angrenzenden Industriegebiet offensichtlich ihren Firmensitz!«

»Meint ihr, wir finden Hannes dort?«, fragte Greta. Ihre Stimme klang hoffnungsvoll und ängstlich zugleich.

»Gut möglich«, antwortete Kim ruhig. Jetzt, wo die Sache konkret wurde, war sie endgültig im Detektivinnenmodus. Sie holte ihr Handy heraus und rief die Internetseite der Firma *Hexbäck* auf.

»Der Keks heißt *Superknusperkeks* und wird wohl sehr erfolgreich verkauft. Dass die Qualität stimmt, dafür bürgt eine gewisse Theodora Witch mit ihrem Namen.«

»Witch«, murmelte Greta beinahe tonlos. »Das … kann … doch gar nicht … also das ist jetzt aber … Max hieß Witch mit Nachnamen, bevor er meine Mutter geheiratet hat.« Hilfe suchend sah sie die Detektivinnen an.

»Das kann ein Zufall sein, muss es aber nicht«, meinte Marie.

»Das werden wir gleich wissen.« Kim blickte in die Runde. »Ich würde vorschlagen, wir verlassen die Straße und suchen Schutz im Schatten des Waldrands. So kommen wir ungesehen ins Industriegebiet und können in Ruhe die Lage bei *Hexbäck* sondieren.«

Alle waren einverstanden und schoben die Räder an den sieben Zwergen vorbei über die Wiese. Dann ketteten sie sie an einen der Bäume und gingen zu Fuß weiter.

Ich habe ja nicht geahnt, dass eure Konkurrenz sooo riesig ist!« Franzi starrte mit offenem Mund auf das eindrucksvolle Gebäude, das sich vor ihnen erstreckte. In der Mitte war ein glänzend schwarzer Würfel ohne erkennbare Fenster platziert, daneben ragten lange, ebenfalls schwarze Schlote in die Höhe und spuckten weißen Qualm aus. Lastwagen, die alle das rot-schwarze Besen-Logo der Firma trugen, fuhren im Innenhof an die Laderampen der Rolltüren, die wie offene Münder die Ware ausspuckten. Und doch war es gespentisch ruhig. Einzig die Motorengeräusche und das Quietschen und Rattern der Maschinen war zu hören. Die Arbeiter verrichteten ihre Aufgaben wie ferngesteuert und sagten kein Wort.

»Ich weiß nicht, wie ihr das seht«, flüsterte Marie bedrückt. »Aber ich finde diese Fabrik unheimlich.«

»Geht mir ganz genauso. Es wirkt so, als wäre sie ein lebendiges Wesen, das alles und jeden verschlingt«, meinte Franzi. »Gruselig. Und der Grusel verhindert, dass ich einen klaren Gedanken fassen kann.«

»Zum Glück habt ihr mich!« Kim grinste. Ihr Unbehagen von vorhin war verschwunden. »Ich bringe euch mal auf den Boden der Tatsachen. Diese Fabrik hier ist einfach ein Gebäude. Der Rauch und die schwarze und rote Farbe lösen bei uns diese unangenehmen Gefühle aus. Die sollten wir jetzt schnell überwinden und Hannes suchen.«

»Gerade kam das siebte Foto«, informierte Greta die drei !!!. »Kein Keks mehr zu sehen. Dafür im Hintergrund die beiden Schlote. Allerdings von der anderen Seite. Das Logo ist nämlich nicht zu sehen.«

»Dann wissen wir jetzt, wo wir hinmüssen«, meinte Kim. »Los geht's!«

Es war nicht leicht, an der Fertigungshalle vorbeizuschleichen, ohne gesehen zu werden. Einige Male mussten sie sich hinter einen Container oder einen Lastwagen ducken, um den Blicken der Fahrer zu entgehen. Das letzte Stück rannten sie quer über den Platz. Sie hatten Glück. Schließlich waren sie auf der anderen Seite des Fabrikgeländes angelangt, ohne dass jemand von ihnen Notiz genommen hatte. Und dort bot sich ihnen ein völlig anderes Bild.

Vor den Toren der riesigen Fabrik stand ein winziges, leicht schiefes und mit Schindeln bedecktes Holzhaus. Die Schindeln waren in zarten Farben bemalt, es wirkte beinahe so, als sei das Haus mit feinem Zuckerguss übergossen. Um das Haus blühten Blumen auf einer wilden Wiese und eine rot getigerte Katze duckte sich zwischen die langen Halme, bereit, Beute zu machen.

»Dieses Haus ist das komplette Gegenteil zur Monster-Fabrik«, wunderte sich Marie. »Es sieht richtig niedlich aus.«

»Ein bisschen wie die *Zuckerbäckerei*«, merkte Franzi an. »So vom Stil her …«

Vorsichtig pirschten sie sich näher heran.

Plötzlich bretterte ein Kleinbus mit hoher Geschwindigkeit um die Ecke und bremste direkt vor dem kleinen Haus.

Die Mädchen wichen erschrocken aus und versteckten sich hinter dem Haus.

»Puh, das war aber knapp. Wer fährt denn hier so irre schnell?«, stöhnte Kim leise.

In diesem Augenblick stieg jemand aus dem Auto und knallte die Fahrertür zu.

Greta konnte gerade noch einen Schrei unterdrücken. Es war Max!

Er öffnete den Kofferraum und hob einen Kleintierkäfig heraus.

»In dem Käfig sind Ratten«, zischte Franzi, die den besten Blick auf das Geschehen hatte. »Was will er denn mit denen?«

Greta zuckte mit den Schultern. »Ich habe keinen blassen Schimmer. Aber ganz offensichtlich hat er irgendwas mit der Firma *Hexbäck* zu tun. Oder zumindest mit der Besitzerin.«

Max Grimm besah sich die Ratten im Käfig und grinste zufrieden. »Wollen doch mal sehen, ob die kleinen Biester ihn nicht zum Reden bringen«, murmelte er und ging pfeifend auf das Holzhaus zu. Er klopfte laut an die Tür.

Die drei !!! und Greta wagten kaum zu atmen.

Im Inneren des Hauses rumpelte etwas und Max rief: »Schwesterherz, Theodora, lass mich rein. Ich hab dir etwas mitgebracht!«

»Schwester? Theodora Witch ist Max' Schwester?«, flüsterte Greta erschrocken. »Ich dachte immer, mein Stiefvater wäre ein Einzelkind.«

»Pst!« Marie legte den Finger über den Mund und bedeutete Greta so, ruhig zu sein.
Jemand öffnete die Tür. »Endlich«, sagte eine Frauenstimme. »Dein Stiefsohn tut so, als habe er durch den Schreck sein Gedächtnis verloren. Dieser verfluchte Bengel. Jetzt werden andere Saiten aufgezogen!«
»Hannes ist da drin«, hauchte Greta und hielt sich sofort den Mund zu.
Die Tür knallte und nun konnte man nur noch ein undeutliches Murmeln hören.
»Mist.« Franzi verzog ärgerlich den Mund. »Jetzt kriegen wir gar nichts mehr mit.«
»Oh doch«, meinte Kim und zog ihr Abhörgerät aus dem Rucksack. »Habe ich für solche Fälle immer dabei!« Sie hielt den ohrförmigen Trichter an die Hauswand und reichte jedem einen Ohrstöpsel. So konnten sie gleichzeitig das Gespräch im Inneren belauschen. Sie mussten sich gar nicht besonders anstrengen, denn sowohl Max als auch seine Schwester sprachen laut und erregt.
»Ich schwöre, dass ich das Rezept noch aus dir herausbekommen werde. Dich sucht hier nämlich niemand. Ich habe eine falsche Nachricht von dir hinterlegt, die sagt, dass du noch ein paar Tage unterwegs bist. Die ahnen überhaupt nicht, dass ich dich erst zu Hause eingesperrt und jetzt hierher entführt habe«, drohte Max gerade. »Hier bei

Hexbäck kann meine Schwester mit eurem Lebkuchen-Rezept in Produktion gehen und viel mehr Geld verdienen als ihr in eurer mickrigen *Zuckerbäckerei.*« Dann war es leise.
»Es stimmt«, meinte Theodora. »Ich bin Geschäftsführerin und Besitzerin dieser großartigen Backfabrik. Unsere Kekse werden überall erfolgreich verkauft. Nur auf dem Markt für Lebkuchen konnten wir noch nicht Fuß fassen. Aber das wird sich jetzt ändern. Denn in fünf Minuten haben wir endlich das Rezept.«
»Ich weiß die Zutaten nicht mehr. Ich habe vor Aufregung alles vergessen. Wirklich!«, beteuerte Hannes.
Theodora lachte heiser. »Das werden wir ja sehen. Max, bring deine Überraschung her!«
Es klapperte und rumpelte erneut und dann quiekte es fürchterlich.
»Die Ratten«, vermutete Greta mit großen Augen.
»Du dummer, verstockter Junge. Dann wollen wir deiner Erinnerung mal auf die Sprünge helfen. Na, was sagst du dazu?«, rief Theodora triumphierend. »Hier, schau dir das Tier genau an. Eine Ratte! Stell dir einfach mal vor, dass wir zwanzig dieser Tiere in der *Zuckerbäckerei* laufen lassen. Und ich dann in aller Ruhe das Gesundheitsamt anrufen würde. Dann könnt ihr dicht machen! Ich rate dir also, pack aus. Sonst war es das mit eurer *Zuckerbäckerei!*« Die letzten Worte kreischte sie fast.

Kim hörte daraufhin ein ersticktes Schluchzen. Hannes!
»Aber warum?«, flehte er. »Max, du bist seit zehn Jahren mit unserer Mutter verheiratet. Sie vertraut dir. Warum tust du Jana das an?«
»Ich ihr? Warum tut *sie mir* das an? Die *Zuckerbäckerei* könnte eine Goldgrube sein. Und ihr macht daraus eine Geldversickerungsanlage. Nein, mir reicht es. Ich war *viel* zu lange *viel* zu arm. Damit ist jetzt Schluss. Ich steige bei *Hexbäck* ein. Meine Schwester führt ihre Fabrik so, wie ich es mir vorstelle. Ihr fehlt nur eine geniale Lebkuchen-Rezeptur, um noch reicher zu werden. Und die lieferst du uns nun.«
»Das ist dermaßen gemein«, flüsterte Marie entsetzt.
Kim schnaubte leise. Ihr fehlten die Worte.
Dann hörten sie Hannes' Antwort. »In Ordnung«, gab er leise nach. »Ich sage euch das Lebkuchen-Rezept. Aber ihr müsst mir versprechen, dass ihr die *Zuckerbäckerei* in Ruhe lasst.«
»Natürlich, natürlich. Das ist ja genau das, was ich will«, säuselte Max. »Hier ist ein Blatt und ein Stift. Schreib endlich das Rezept auf und du bist frei! Und versuche ja nicht, irgendetwas der Polizei zu sagen. Damit wirst du nicht weit kommen. Ich bin dein Stiefvater und hatte immer Zugang zur Backstube. Ich werde sagen, dass ich die Zutaten und die genaue Mischung herausgeschmeckt habe, verstanden?«
»Er darf ihnen das Rezept nicht geben.« Greta war verzweifelt. »Es ist unser Familienschatz!«
»Wir müssen Hannes befreien und das geheime Rezept

beschützen«, sagte Kim bestimmt. Sie nahm die Hörmuschel und ging ein Stück die Wand entlang. An einer Stelle waren die Schindeln locker und man konnte sie mit etwas Mühe auseinanderschieben. Darunter war eine Plastikplane über eine Öffnung geklebt, wo vorher einmal ein Fenster gewesen war. Durch die schmutzige Folie konnte Kim direkt ins Innere des Hauses blicken. Viel war es nicht, was sie erkennen konnte, aber es reichte völlig. Sie sah einen jungen Mann – das musste Hannes sein – auf einem Klappstuhl. Er war in einen Eisenkäfig eingesperrt und reichte gerade ein Blatt Papier durch die Gitterstäbe.

»Lass mich bitte mal«, bat Greta und Kim trat beiseite. Greta drückte ebenfalls die Schindeln auseinander und da passierte es: RUMMS! Eine der Schindeln krachte auf die Wiese.

Die drei !!! sahen sich erschrocken an. Mist! Jetzt waren sie bestimmt aufgeflogen.

Im selben Moment sah Hannes auf und erkannte seine Schwester. Greta fuchtelte wild mit den Händen, um Hannes zu bedeuten, sie nicht zu verraten.

»Was war denn das? Wer macht sich da an meinen Häuschen zu schaffen?«, fragte Theodora misstrauisch. »Ich geh mal lieber nachsehen.«

»Das war nur der Wind«, antwortete Hannes. »Gerade ist eine Böe durch die Wipfel gefahren und da hat sich eine Schindel gelöst.«

»Aber vorhin war es noch völlig windstill«, erwiderte Theo-

dora misstrauisch. »Und was weißt du schon über meine Schindeln?«
»Das ist doch jetzt egal«, ging Max dazwischen. »Mit solchen Kleinigkeiten halten wir uns jetzt nicht auf. Am wichtigsten ist, dass du das Rezept schnell zu deinem Chefkonditor in die Fertigungshalle bringst. Dann kann es losgehen.«
Theodora stieß einen missmutigen Zischlaut aus. »Du hast recht«, räumte sie ein. »Gib mir das Rezept!«
Kim überlegte fieberhaft. Sie mussten einen Weg finden, Theodora aufzuhalten. Das Rezept durfte einfach nicht in die Fertigungshalle gelangen. Plötzlich hatte sie eine Idee: »Marie, wolltest du nicht schon immer Konditorin werden und eine große Firma leiten? Vielleicht ist gerade jetzt der richtige Zeitpunkt zu fragen?« Kim zwinkerte Marie zu. Marie würde eine solche Rolle mit ihrem Schauspielkönnen bestimmt gut hinbekommen.
Und Marie verstand sofort. »Aber klar«, wisperte sie zurück. »Konditorin? Mein Traumberuf! Ich werde Theodora Löcher in den Bauch fragen. Aber beeilt euch bitte. Ewig werde ich sie nicht festhalten können.«
Leise verschwand sie und rannte um das Haus herum. Dann schlenderte sie den Weg entlang und Kim, Franzi und Greta hörten, wie sie so tat, als würde sie zufällig vorbeikommen und sich riesig freuen, die Chefin persönlich zu tref-

fen. Sie hätte im Internet recherchiert und Theodora wäre ihr großes Vorbild.
Marie schmeichelte Theodora Witch so geschickt, dass sie sie tatsächlich in ein Gespräch verwickeln konnte.
Kim und Franzi grinsten sich an. Das lief besser, als sie erwartet hatten.
Der Motor des Kleinbusses heulte auf und sie sahen, wie Max in Richtung Stadt davonfuhr.
»Das klappt ja wie am Schnürchen, direkt märchenhaft«, entfuhr es Franzi. »Jetzt müssen wir nur noch Hannes befreien.«
»Und ich rufe schon mal Kommissar Peters an«, ergänzte Kim.
Vorsichtig blickten Kim, Franzi und Greta um die Ecke. Marie hatte an alles gedacht. Sie hatte sich so hingestellt, dass die Firmenchefin ihnen den Rücken zugewandt hatte. Sie konnten nur ihren bodenlangen Samtmantel sehen und ihre roten struppigen Haare, die im Wind tanzten. Die Luft war also rein.
Schnell schlüpften sie in das kleine Haus. Kim sah aus dem Augenwinkel, dass der Käfig mit den Ratten noch auf dem Tisch stand. Gut. Dann war Max nicht unterwegs, um sie in der *Zuckerbäckerei* auszusetzen.
»Greta, bist du das?«, rief Hannes aus dem Hinterzimmer. »Du hast die Foto-Spur gesehen, die ich dir gelegt habe?«

»Ja, gleich bist du frei!«, antwortete Greta und eilte mit Franzi und Kim an der Seite zu ihm.
Franzi machte sich sofort daran, das Schloss zu öffnen.
»Ich bekomm das Ding einfach nicht auf«, meinte sie entnervt. »Wir bräuchten Marie und ihr Dietrichset.«
»Oder einen Schlüssel! Der liegt hier auf dem Fensterbrett.« Kim kicherte.
Klack! Der Bügel sprang auf.
Hannes sah Franzi und Kim verwundert an. »Und wer seid ihr?«, fragte er.
»Wir haben eure Kekse in der Innenstadt verkauft. Und jetzt versuchen wir, dich zu befreien und die *Zuckerbäckerei* zu retten«, antwortete Kim.
»Die drei haben mir geholfen zu beweisen, dass die Nachricht von dir gefälscht war«, sagte Greta. »Und dann haben wir zusammen die Fotos entschlüsselt.«
»Das habt ihr gut gemacht«, antwortete Hannes. »Max ist so ein Mistkerl. Er hat mich heute Morgen ins Auto eingesperrt und mir die Hände zusammengebunden. Als er heute Nachmittag losgefahren ist, hatte ich die Schnüre so weit gelöst, dass ich wenigstens die Keksfotos machen konnte. Die waren bestimmt unscharf, oder? Max hat leider bemerkt, dass ich mit dem Handy etwas gemacht habe, und es mir abgenommen, als wir hier angekommen sind.« Er umarmte seine Schwester. »Ich bin so froh, dass du da bist.«
»Für die ganze Umarmerei haben wir jetzt keine Zeit«, meinte

Kim. »Wir müssen erst das Rezept zurückholen.« Sie blickte sich um. »Franzi, wo steckst du?«
»Kommt mal her und seht euch das an«, rief Franzi, die vor dem offenen Rattenkäfig stand.
Eine der Ratten machten vor ihr Männchen, legte den Kopf schief und fiepte leise.
»Wie hast du sie so schnell dressiert?«, fragte Greta.
»Hab ich gar nicht«, meinte Franzi und bot der Ratte ihren Arm an. Die schnupperte kurz und trappelte neugierig auf ihre Schulter.
»So ist das immer, wenn Franzi auf ein Tier trifft«, erklärte

Kim schmunzelnd. »Sie liebt die Tiere und die Tiere lieben sie. Es ist, als ob sie eine gemeinsame Sprache sprechen, die keiner sonst verstehen kann.«

Franzi lächelte. »Ja, so ähnlich ist es tatsächlich. Nicht wahr, du kluges Fellchen?« Sie streichelte die Ratte und die rieb ihr Köpfchen an Franzis Hand. Dann kuschelte sie sich in ihren Pulloverkragen und war verschwunden.

Plötzlich ging ein Ruck durch Franzi. »Die Ratte ist dermaßen zahm …«, murmelte sie. »Ich habe eine Idee. Kommt mit!«

Draußen kam ihnen Marie entgegen. »Theodora geht gerade zur Fertigungshalle«, informierte sie die anderen. »Mir ist einfach nichts mehr eingefallen, was ich noch hätte fragen können. Und ich hab keinen Plan, wie wir sie davon abhalten können, das Rezept weiterzugeben.«

»Aber ich«, sagte Franzi und grinste. Sie rannte los und die anderen folgten ihr.

Die Firmenchefin stand gerade an der Tür und hielt ihre Chipkarte vor das Identifizierungsgerät.

Dann leuchtete grell ein grünes Licht auf und die große schwarze Tür rollte langsam zur Seite.

»Ich hätte da doch noch eine Frage«, rief Marie. Theodora

drehte sich um. Als sie Hannes und Greta sah, verzog sich ihr Gesicht zu einer wütenden Fratze. »Was soll das? Wer bist du?«, schrie sie.
»Wir wollen uns das Rezept wiederholen«, antwortete Hannes gelassen und streckte die Hand aus.
»Zu spät«, zischte Theodora und trat in die Fertigungshalle. Und zu Marie gewandt: »Du legst mich nicht noch einmal rein!« Dann rief sie laut: »Herr Rosenrot, kommen Sie mal bitte. Ich habe ein neues Rezept für Sie!«
Sie grinste hämisch, drückte einen Knopf und die Tür schloss sich langsam wieder.
Franzi holte die Ratte aus ihrem Kragen und flüsterte ihr ins Ohr: »Möglichst viel Chaos anrichten, mein Fellchen.« Dann setzte sie sie vor die Tür und die Ratte schlüpfte durch den kleinen Spalt, der noch offen war.
Sofort hörte Kim lautstarkes Gezeter und Geschrei.
»Eine Ratte!« – »Hilfe!« – »Igittigitt!« – »Ungeziefer in der Backstube!«, schrien alle durcheinander.
Plötzlich öffnete sich die Schiebetür erneut. Offensichtlich war jemand innen an den Öffner gekommen. Die drei !!!, Hannes und Greta konnten ungehindert eintreten.

Wie Franzi beabsichtigt hatte, war in der Fertigungshalle die Hölle los. Keiner beachtete sie. Viele Mitarbeiter hatten ihre Plätze verlassen und jagten vergeblich die Ratte, die sich aber nicht fangen ließ. Sie zeigte sich mal in der Nähe der großen Knetmaschine, dann beim Backofen und schließlich rannte sie im Kreis um den Kekssortier-Apparat. Theodora stand wie versteinert inmitten des Gewusels und hielt den Zettel mit dem Rezept nach oben. »Herr Rosenrot? Herr Rosenrot? Nun kommen Sie doch endlich und hören Sie auf, der Ratte nachzujagen!«, rief sie immer wieder wütend.

Franzi witterte ihre Chance. Sie gab Kim ein Zeichen, dass sie ihr eine Räuberleiter machen sollte.

Sie stieg in Kims Handflächen und hechtete nach vorne. Dabei erwischte sie die Ecke des Rezeptpapiers, bekam es zu fassen und rollte sich auf dem Boden ab. RITSCH! Das Rezept riss in zwei Teile – und Franzi hatte den größeren in der Hand. Kim schnappte sich das Papier und zerknüllte es.

Dann fiel ihr Blick auf den Backofen, der orange schimmerte und auf die nächste Ladung Kekse wartete. Sie zielte konzentriert, warf und … das Papier landete genau im Feuer. Es verbrannte lichterloh.

»Neeeeeiiiiin!« Theodora stampfte wütend auf und krallte sich am Rest des Rezepts fest. »Das darf nicht wahr sein. Das Lebkuchenrezept!«

Franzi kniete sich auf den Boden und streckte ihre Hand aus. Sofort kam die kleine Ratte gewuselt und krabbelte in ihren Ärmel. »Was hier wahr ist, ist, dass das Lebkuchenrezept nicht Ihres ist, sondern das der *Zuckerbäckerei.* Und dass Sie eine Verbrecherin sind, die für Geld einen Jungen entführt hat. Sie sind ein Fall für die Polizei!«
»Genau so ist es, Franziska Winkler«, bestätigte Kommissar Peters, der nun in der Tür stand. Dann klickte er die Handschellen vom Gürtel und wandte sich an die Firmenchefin. »Theodora Witch? Sie sind festgenommen.«

Einen Tag später saßen die drei !!! in der *Zuckerbäckerei.* Hannes hatte die berühmten Lebkuchen gebacken und Jana, ihre Mutter, stellte freudestrahlend ein Tablett mit selbst gemachter Limonade auf den Tisch. Außerdem hatte sie ein Schüsselchen mit Nüssen dabei, das sie vor die kleine Ratte stellte. Die legte den Kopf schief, griff sich eine und knabberte los.
»Fellchen, du bist unsere Heldin!«, meinte Franzi.
»In diesem Fall gibt es noch weitere Heldinnen«, meinte Hannes und lachte. »Danke, dass ihr meiner Schwester geholfen habt, mich zu befreien.«
»Und das Rezept gerettet habt«, ergänzte Greta.

»Das haben wir doch gerne gemacht«, sagte Kim stolz. »Aber wie geht es Ihnen denn, Frau Grimm? Immerhin sitzt Ihr Mann nun in Untersuchungshaft.«

Jana Grimm seufzte: »Das hätte ich ihm niemals zugetraut«, erklärte sie traurig. »Doch wir drei werden das schon schaffen!« Sie lächelte ihre Kinder an. »Die Bank hat uns gestern auch ihre Hilfe zugesagt. Ohne Modernisierung!« Sie legte die Arme um Hannes und Greta und drückte sie fest an sich. »Die *Zuckerbäckerei* muss nicht schließen und darf ganz traditionell weiterbacken.«

»Wir sind an deiner Seite, Mama! Ganz bestimmt schaffen wir das. Aber ich wünsche mir, dass wir in Zukunft doch wieder zu viert sind.«

Jana Grimm sah ihre Tochter überrascht an. »Wie meinst du das?«, fragte sie.

In diesem Augenblick ließ Fellchen die Nuss fallen und trappelte zu Greta. Greta streichelte sie.

»Wenn du erlaubst, würde ich Fellchen gerne als Haustier behalten.«

Jana lächelte. »Wenn du versprichst, sie nicht mit in die Backstube zu nehmen, darf sie bei dir bleiben ...«

»... und zwar glücklich und bis an ihr Lebensende«, ergänzten die drei !!! und lachten.

DIE DREI !!!
UND DER
BÖSE WOLF

Es war einmal eine sehr hungrige Prinzessin«, sagte Marie und lachte. »Meinen Adleraugen entgeht nichts, Kim. Du hast dir klammheimlich ein Kaubonbon in den Mund geschoben.«

»Es war einmal eine sehr *wissens*hungrige Prinzessin«, korrigierte Kim Marie, während sie weiter interessiert in einem Buch blätterte.

»Und ich bin der böse Wolf!« Lachend schnappte auch Franzi sich ein Bonbon.

»Das war der kürzeste Fall in der Geschichte der drei !!!«, freute sich Marie. »Franzi ist hiermit als Diebin überführt.«

»Genau.« Franzi steckte das Bonbonpapier in ihre Hosentasche. »Übrigens sind Grimms Märchen manchmal ziemlich brutal. Ständig werden Wolfsbäuche mit Steinen gefüllt oder liebe Mädchen von bösen Stiefmüttern gequält.«

»Aber das Gute siegt meistens. Außerdem gibt es in Märchen auch oft versteckte Botschaften«, wusste Kim. »Da kann man einiges draus lernen.«

»Was ist denn zum Beispiel die Botschaft bei *Rotkäppchen*?«, fragte Marie.

Kim zuckte mit den Schultern. »Geh nicht allein in den Wald?«

Marie schüttelte den Kopf. »Das glaube ich nicht. Dann müssten ja alle immer ängstlich zu Hause bleiben.«

»Und man würde gar nichts mehr erleben«, überlegte Franzi. »Das wäre keine schöne Botschaft.«

»Stimmt. Lasst uns auf Spurensuche gehen«, sagte Kim und blätterte weiter.

Kim Jülich, Franziska Winkler und Marie Grevenbroich waren beste Freundinnen und Detektivinnen. Sie nannten sich *Die drei !!!* und hatten schon viele Kriminalfälle erfolgreich gelöst. Nach der Schule hatten sie sich in der Stadtbibliothek getroffen. Diese war in einem alten stattlichen Gebäude untergebracht. Innen war alles sehr modern. Neben den lichtdurchfluteten Leseräumen gab es auch eine Ausstellung, in welcher

zuletzt Kinderbücher aus verschiedenen Jahrzehnten gezeigt worden waren.

»Schade, dass ich die Gebrüder Grimm nicht persönlich kennenlernen konnte«, sagte Kim. Sie musste sich auf ein Referat über die berühmten Märchenautoren vorbereiten. »Ich möchte auch gleich noch in der Krimi-Abteilung stöbern.« Kim klappte das Buch zu. Sie stand auf und betrachtete die Buchrücken.

Ein Mädchen in Kims Alter stand ebenfalls am Regal. »Ich lese auch total gern Krimis.«

»Ach, hallo, du bist doch Rosa«, begrüßte Marie das Mädchen. Sie trug eine rosafarbene Cap, aus welcher schulterlange braune Haare herausragten.

»Ja, und du Marie.« Rosa lächelte. »Braucht ihr Buchtipps? Ich bin gerade ziemlich oft hier, weil meine Großmutter nicht herkommen kann und ich sie mit Büchern versorge.«

»Meine Oma Agnes hat mir erzählt, dass deine Oma sich das Bein gebrochen hat«, sagte Marie mitfühlend. Sie zeigte zu ihren Freundinnen. »Das sind Kim und Franzi. Und das ist Rosa Seidel. Ihre Oma wohnt auch im Buchenkamp, in der Nachbarschaft von Oma Agnes und Opa Herbert. Und zwar in dem süßen kleinen Backsteinhaus.«

»Ach, das sieht so märchenhaft aus«, erinnerte sich Kim. »Ich suche gerade ein Buch über die Gebrüder Grimm.«

Franzi schnappte sich noch ein Bonbon. »Wo ich sowieso schon überführt bin: Ich habe immer noch Hunger.«

»Wissenshunger ist bei uns erlaubt, das Naschen von Süßigkeiten allerdings nicht«, sagte ein Mann, der hinter einem Regal hervortrat. Er hatte braune Haare und trug ein graues Hemd. »Ich habe zufällig gehört, worüber ihr gesprochen habt.« Er reichte Kim ein Buch. »Das könnte etwas für dich sein.«

»Super, danke.« Kim nahm das Buch entgegen und klappte es auf. »Ah, hier. Wilhelm und Jacob.«

»Jacob Grimm, geboren 1785, gestorben 1863. Wilhelm Grimm, geboren 1786, gestorben 1859«, sagte der Mann.

Kim klappte ihr Notizbuch auf und schrieb mit.

»Arbeiten Sie hier?«, fragte Franzi.

»Genau, seit einigen Tagen. Ich bin gerade mit meinem Studium der Literaturwissenschaft fertig«, berichtete er. »Ihr könnt mich Alex nennen.« Er drehte sich wieder zu Kim. »Du hast dir ein interessantes Thema für dein Referat ausgesucht. Zufällig habe ich über die Brüder Grimm meine Abschlussarbeit geschrieben.«

»Ach, das ist ja cool«, freute sich Kim. »Dann weißt du bestimmt auch, wo das alte kostbare Märchenbuch ist, das es hier geben soll? Ich möchte Fotos davon für mein Referat machen.«

Alex fasste sich in den Nacken. »Das wird gerade restauriert. Es ist in der Werkstatt.«

»Ist die auch hier im Haus?«, erkundigte sich Kim.

Ehe Alex antworten konnte, zog Rosa ein kleines rotes Portemonnaie aus ihrer Hosentasche. Sie klappte es auf und holte ein Foto heraus. »Guckt mal, meine Oma hat auch ein schönes Märchenbuch. Von ihrer Omi. Das Buch ist sehr alt und hat wunderschöne Zeichnungen.«

»Wow«, staunte Kim.

»Meine Oma hat es mir schon immer vorgelesen, als ich sehr klein war. Unser Lieblingsmärchen ist *Rotkäppchen*. Deshalb hat Oma mir die rosafarbene Kappe geschenkt.« Rosa lächelte.

»Das ist ja süß!« Marie lächelte. »Und sie steht dir echt gut.«

Alex nahm Rosa das Foto aus der Hand. »Das Buch hat einige Eselsohren und andere Schäden. Vielleicht müsste deine Oma es mal restaurieren lassen. Das geht sogar hier im Haus.«

»Ich glaube, sie würde es nicht hergeben, aber ich frage Oma mal.« Rosa nahm das Foto wieder an sich.

Eine braunhaarige Frau kam dazu. Sie trug ein langes weites Kleid. Kim schätzte sie auf Ende dreißig. »Hier bist du, Alex. Wir bräuchten dich mal schnell.«

»Ist was passiert?«, fragte Alex und fügte erklärend hinzu: »Das ist die Bibliotheksleiterin Stephanie Fuchs.«

»Hallo!« Die Frau lächelte die Mädchen an und drehte sich wieder zu Alex. »Das Märchenbuch ist aus der Werkstatt verschwunden. Ist dir etwas aufgefallen?«

»Was?« Alex schüttelte ungläubig den Kopf. »Aber die Werkstatt ist doch abgeschlossen. Ich

muss mir das mal ansehen!« Er winkte und verschwand. Die Bibliotheksleiterin wollte ihm folgen. Sie nickte den Mädchen zu.

Die drei !!! tauschten einen Blick, dann preschte Kim voraus. »Warten Sie. Wir müssen Sie etwas fragen.«

»Wendet euch bitte an meine Mitarbeiter«, sagte Frau Fuchs gestresst.

»Nur ganz kurz«, beteuerte Marie. »Wir würden Ihnen gern helfen, das Buch wiederzufinden.«

Franzi zog ein kleines silbernes Döschen aus ihrem Beutel. Schnell klappte sie es auf und fischte ein Kärtchen heraus, das sie Stephanie Fuchs überreichte. Frau Fuchs warf einen Blick auf die Visitenkarte. »Ihr seid Detektivinnen?«

Marie nickte. »Mit einer Aufklärungsquote von einhundert Prozent.«

»Wow«, staunte Rosa. Sie schob das Foto wieder in ihr rotes Portemonnaie und legte es auf den Tisch neben Kims Bonbons. »Das ist ja alles wie im Krimi hier.«

»Na gut, ich bin für jede Hilfe dankbar. Das Buch ist sehr wertvoll.« Stephanie Fuchs zog ihr Handy aus der Tasche. »Ich muss den Diebstahl erst mal bei der Polizei melden.«

»Versuchen Sie, mit Kommissar Peters zu sprechen«, sagte Kim und zog ihr Handy hervor. »Wir haben schon oft mit ihm zusammengearbeitet.« Sie rief den Kontakt des Kommissars auf und hielt Frau Fuchs ihr Handydisplay hin, sodass diese die Nummer abtippen konnte.

»Kommt mit!«, sagte sie zu den Detektivinnen, während sie darauf wartete, dass Kommissar Peters abnahm.
Schnell steckte Kim ihr Notizbuch ein.
Die Freundinnen verabschiedeten sich von Rosa und folgten der Bibliotheksleiterin, die nun mit dem Kommissar telefonierte.
Sie gingen durch eine Tür mit der Aufschrift »Nur für Mitarbeiter«. Dahinter befand sich ein langer Flur mit Fenstern. Draußen, im Innenhof der Bibliothek, gab es einen Brunnen, der von hohen Bäumen umgeben war. Auf der kleinen Wiese saßen einige Studenten im Schatten der Bäume und aßen oder unterhielten sich.
»Wirklich idyllisch hier«, schwärmte Kim.
Frau Fuchs hatte das Telefonat beendet. »Kommissar Peters hat auch einen Bibliotheksausweis bei uns.«
»Was er wohl liest?«, überlegte Kim.
»Bestimmt *Sherlock Holmes* oder Stephen King«, vermutete Marie.
»Er wird gleich kommen, dann könnt ihr ihn fragen.« Frau Fuchs steckte ihr Handy weg und öffnete eine Tür mit einem Schild, auf dem »Werkstatt« stand.
Die drei Detektivinnen betraten nach ihr den Raum. Darin befanden sich mehrere Tische und an den Wänden viele Holzregale mit Werkzeugen. Auf einem der Tische lag ein großes, aufgeklapptes Buch. Daneben standen Maschinen mit Hebeln und ein großes Becken mit Wasser. Eine Frau mit schulterlan-

gen Haaren zog gerade vorsichtig eine Buchseite aus dem Wasser und hängte sie mit einer kleinen Klammer an eine Leine.

»Hier restaurieren und reparieren wir alte Bücher«, erklärte Stephanie Fuchs. »Dass wir diese Werkstatt im Haus haben, ist ein großes Glück. Denn so können wir immer wieder wundervolle alte Bücher kennenlernen.« Frau Fuchs geriet ins Schwärmen. »Oft erzählen die Bücher selbst ja auch eine Geschichte. Manchmal sind darin Notizen von den früheren Besitzern.«

»Und wie restauriert man ein Buch?«, wollte Kim wissen.

Frau Fuchs zeigte auf das Wasserbecken. »In vielen Fällen nehmen wir das Buch zunächst auseinander und befreien die alten Seiten im Wasser von Unreinheiten wie Staub und Säure.«

»Anschließend stellen wir einen flüssigen Papierbrei her, also flüssige Papierfasern, die sich dort am Papier anlagern, wo Teile fehlen«, erklärte die Frau an der Wäscheleine.« Sie lächelte die Detektivinnen an. »Ich bin übrigens Katrin.«

»Erst später werden die getrockneten Seiten dann wieder zusammengenäht«, ergänzte Alex, der aus einem Nebenraum dazugekommen war. »Das Buch ist wie vom Erdboden verschluckt.«

Stephanie Fuchs seufzte. »Katrin war in der Mittagspause, und als sie wiederkam, war es weg.«

Die Buchrestaurateurin am Wasserbecken nickte.

Im selben Moment klopfte es an die Tür. Alex öffnete und Kommissar Peters betrat den Raum. »Guten Tag, Peters mein Name.«

»Danke, Herr Peters, dass Sie so schnell kommen konnten«, sagte die Bibliothekarin und gab ihm die Hand. »Wir haben telefoniert. Mein Name ist Fuchs.«

»Hallo, Kim, Franzi und Marie«, sagte der Kommissar. »Warum überrascht es mich nicht, dass ihr auch hier seid?«

»Weil Sie wissen, wie wissenshungrig wir sind?«, gab Marie zurück.

Stephanie Fuchs blickte auf ihre Uhr. »Herr Peters, ich muss leider los. Meine Mitarbeiter Alex Hansen und Katrin Wagner werden Ihnen alles zeigen.« Sie wandte sich an Alex. »Die Mädchen dürfen sich auch alles ansehen.«

»Klar. Es handelt sich um ein altes Märchenbuch aus dem Jahr 1895«, begann Alex zu erklären. »Es war lange in der Ausstellung und nun sollte es endlich restauriert werden.«

»Seit wann ist das Objekt verschwunden?«, fragte Kommissar Peters.

»Es muss in der Mittagspause von unserer Restauratorin Katrin Wagner verschwunden sein«, berichtete Alex.

»Genau«, bestätigte diese. »Ich habe wie immer alles abgeschlossen und war zum Essen draußen. Als ich dann wiederkam, war das Buch weg.«

»Wer hat zu dieser Werkstatt Zutritt?«, fragte Kommissar Peters.

»Einige Mitarbeiter der Bibliothek«, gab Katrin Auskunft.

»Ich bräuchte eine Liste. Und können Sie mir alle Zugänge der Bibliothek zeigen?«, bat der Kommissar.

»Klar.« Alex öffnete die Werkstatttür zum Flur.

»Ich möchte sehr gern noch Katrin bei ihrer Arbeit zusehen«, gab Kim vor.

»Ach ja?« Kommissar Peters sah sie über den Rand seiner Brille ungläubig an.

»Ihr Vater baut und restauriert doch Kuckucksuhren«, erklärte Marie möglichst unschuldig. »Da liegt das Interesse also in der Familie.« Maries Vater war der Schauspieler Helmut Grevenbroich. Er spielte die Hauptrolle in der beliebten Vorabendserie *Vorstadtwache* und Marie hatte sein schauspielerisches Talent geerbt.

»Aber ihr macht nichts, was ich nicht auch tun würde.« Kommissar Peters zwinkerte den Mädchen zu und verschwand mit Alex aus der Werkstatt.

»Darf ich mal sehen, wie die flüssigen Fasern sich an das Papier anlegen?«, fragte Kim sofort.

»Klar. Das geschieht dort.« Die Buchrestauratorin ging in den Nachbarraum.

Kim zwinkerte ihren Freundinnen zu und folgte Katrin. Aus dem Augenwinkel konnte Kim sehen, dass Franzi und Marie in Windeseile begannen, die Türklinke mit Grafitpulver einzupinseln. Franzi drückte Klebestreifen auf die Fingerabdrücke und Marie schnappte sich Kims Notizbuch aus deren Rucksack. Schnell sicherten sie die Fingerabdrücke darin. Anschließend begaben sie sich zu Kim und Katrin.

»Danke, dass du dir Zeit nimmst, Katrin«, sagte Kim.

»Hast du ein Bild von dem verschwundenen Buch?«, erkundigte sich Marie.
»Klar.« Durch ihre große runde Brille lächelte Katrin sie an. »Dahinten, kommt mit!« Sie deutete auf eine Pinnwand. »Wir machen immer zuerst Fotos von den zu restaurierenden Büchern, ehe wir sie in ihre Einzelteile zerlegen und hängen sie hier auf.«
Die drei !!! stellten sich vor die Pinnwand, um sich die Fotos ganz genau anzusehen.
»Das sieht ja echt mitgenommen aus«, stellte Franzi fest.

»Ja, es hat zum Beispiel Brandflecken. Die kommen oft von einer umgefallenen Kerze«, erklärte Katrin.
»Stimmt, Elektrizität gibt es ja noch gar nicht so lange«, fiel Franzi ein. »Die erste Glühbirne hat Edison 1879 erfunden.«
»Wilhelm und Jacob Grimm haben sicher auch noch bei Kerzenschein gearbeitet«, überlegte Kim.
»Ihr seid ganz schön helle Köpfchen.« Katrin lächelte.
Die drei !!! zwinkerten sich zu, dann schalteten sie wieder in den Detektivmodus.
»Katrin, fällt dir irgendjemand ein, der ein besonderes Interesse an dem verschwundenen Buch hat?«, erkundigte sich Kim.
»Das Buch war lange in unserer Ausstellung, in einer sicheren Vitrine«, berichtete die Buchrestauratorin. »Da kamen viele Besucher, die sich dafür interessiert haben.« Nachdenklich steckte sie ein Lineal in einen Stifthalter. »Aber ob jemand von denen es auf das Buch abgesehen haben könnte? Ich weiß nicht.« Sie blickte die Fotos an.
Marie nutzte den Moment und ließ unauffällig das Lineal verschwinden.
Katrin deutete auf die Wanduhr. »Entschuldigt, aber ich muss weiterarbeiten.«
»Hoffentlich taucht das Buch schnell wieder auf«, sagte Kim.
Katrin nickte. »Ja, das hoffe ich auch.«
Die drei !!! verabschiedeten sich von der Restauratorin.

Als sie aus der Tür kamen, stießen sie beinahe mit Kommissar Peters zusammen.

»Wo ist denn Alex?« fragte Franzi.

»Er musste weg«, erklärte der Kommissar. »Und ihr ermittelt nicht ganz zufällig in dem Fall verschwundenes Märchenbuch?«

»Wir wollen auf jeden Fall die Augen offen halten«, sagte Marie augenzwinkernd.

»Na gut, aber passt auf den Wolf auf. Er hat sehr große Hände und ein riesiges Maul«, sagte Herr Peters und hob die Hände wie Pranken hoch.

»Sie wollen uns aber keine Angst machen, oder?«, fragte Franzi.

Der Kommissar räusperte sich. »Natürlich nicht.« Dann drehte er sich zu Kim. »Ich habe aber noch eine Bitte. Kannst du mir vielleicht helfen?«

»Dass Kommissar Peters sich von mir einen Krimi hat empfehlen lassen, finde ich cool.« Kim grinste, denn in diesem Moment wurden ihnen von der Bedienung ihres Stammcafés, des *LOMO*, drei *LICKs* serviert. *LICK* war die Abkürzung für *Lomo Iced Choc Kick*, das absolute Lieblingsgetränk der Detektivinnen im Sommer, bestehend aus eisgekühltem Kakao mit Vanilleeis und weißen Schokoraspeln.

»Und das hier ist ebenfalls sehr cool.« Marie steckte sich einen Löffel mit Vanilleeis in den Mund.
»So kann man doch viel besser denken«, fand Kim, nachdem sie einen großen Schluck genommen hatte.
»Also: Was haben wir?«, fragte Franzi.
»Ein gestohlenes altes und kostbares Märchenbuch«, begann Marie.
»Das ziemlich kaputt ist«, ergänzte Franzi. »So viel kann man damit ja auch gar nicht machen.«
»Na ja, es ist etwas für echte Fans«, überlegte Marie.
»Meint ihr, das Buch wurde also von jemandem gestohlen, der Liebhaber von alten Märchenbüchern ist?«, fragte Franzi.
»Ja, das wäre doch möglich. Diese Liebhaber kennen sicher auch den Wert des Buches«, sagte Kim. »Heute haben wir einige getroffen, und zwar erstens: Rosa.«
Marie zog die Stirn kraus. »Du glaubst nicht wirklich, dass Rosa so ein Buch klaut?«
»Vielleicht für ihre Großmutter?«, überlegte Franzi.
»Nein. Ausgeschlossen.« Marie schüttelte den Kopf.
»Dann hätten wir noch Alex, Stephanie Fuchs und Katrin«, sagte Kim.
»Die haben zwar alle Zugang zur Werkstatt und hätten das Buch klauen können, aber das wäre doch auch etwas auffällig«, grübelte Kim. Sie holte ihr Notizbuch aus dem Beutel und schlug die Seite mit den Fingerabdrücken auf.
»Ach ja, ich habe auch noch etwas mitgehen las-

sen«, fiel es Marie wieder ein. Sie zog das Lineal von Katrins Schreibtisch aus ihrer Tasche. »Zum Abgleich, hier sind Katrins Fingerabdrücke drauf.«

Schnell holte Franzi ihr Fingerabdruckset hervor und bepinselte das Lineal. Die Abdrücke, die sichtbar wurden, bedeckte Marie mit Klebestreifen, die sie dann wieder abzog und in Kims Notizbuch heftete.

Konzentriert betrachteten sie die Fingerabdrücke.

»Katrins Abdrücke sind auf der Türklinke«, sagte Kim.

»Ja, und hier sind noch andere.« Mit dem Zeigefinger deutete Marie auf die aufgeschlagene Seite des Notizbuches.

»Dann sind die von einem potenziellen Dieb«, überlegte Kim. »Katrin hat gesagt, dass nur wenige Mitarbeiter der Bibliothek die Werkstatt betreten.«

»Müsste es also jemand aus der Bibliothek sein?«, führte Franzi den Gedanken weiter.

»Lasst uns morgen nach der Schule noch mal zum Tatort fahren«, sagte Kim mit Blick auf die Uhr. »Ich möchte jetzt nach Hause und in dem Buch über die Brüder Grimm lesen.«

Marie tupfte sich den Mund mit einer Serviette ab. »Dann gehe ich mal nach Hause und nehme ein märchenhaftes Entspannungsbad.«

»Vergiss nicht, den Spiegel später zu fragen, wer die Schönste im ganzen Land ist«, scherzte Franzi.

»Wo ist Marie denn nun schon wieder?« Kim verdrehte die Augen, als sie und Franzi am nächsten Tag nach der Schule vor dem Haupteingang der Bibliothek auf ihre Freundin warteten.

»Hoffentlich hat sie sich nicht im Wald verlaufen«, scherzte Franzi.

»Hier bin ich schon!«, flötete Marie. Sie hatte sich unbemerkt von hinten genähert. »Mein Weg war weit. Sieben Berge sind nicht so leicht zu bezwingen mit meinem Drahtesel.« Lachend stellte sie ihr Rad in den Ständer und schloss es an.

Zusammen betraten die Detektivinnen die Stadtbibliothek. Im Eingangsbereich befanden sich große und kleine Schließfächer. Die Mädchen teilten sich eins und schlossen ihre Taschen ein. Kim schnappte sich ihr Notizbuch und sie liefen die alte Treppe hinauf in den großen Lesesaal. In der Mitte des Raumes standen viele Tische mit Leselampen, an denen Studenten mit Laptops saßen. Aber auch einige Schüler und ältere Menschen saßen hier und lasen. Kim liebte die Stille in der Bibliothek. Außer dem Rascheln, das beim Umschlagen der Buchseiten entstand, erfüllte leises Getuschel den Raum.

Direkt neben ihnen befand sich die Ausleihe. Hinter dem Tresen scannte eine kleine Frau mit Brille gerade einen Stapel Bücher ein, den ein Mann ausleihen wollte.

Schnurstracks lief Kim auf sie zu. Sie wartete geduldig, bis die

Frau fertig war und der Mann seine Bücher unter den Arm geklemmt hatte.

»Guten Tag«, sagte Kim. »Ich habe eine Frage an Sie.«

Die Frau sah von ihrem Bildschirm auf. »Ja, bitte?«

»Kontrollieren Sie immer ganz genau, welche Bücher hier herausgetragen werden?«

Die Frau nickte. »Hier darf niemand mit Tasche herein. Und meine Kollegen und ich passen genau auf, dass nichts entwendet wird. Warum fragst du?«

»Meine Freundinnen und ich sind Detektivinnen«, erklärte Kim. »Wir ermitteln im Fall des verschwundenen Märchenbuchs.«

»Ach, dazu hat mich heute auch schon ein Polizist befragt«, berichtete die Frau. »Leider konnte ich ihm auch nur das sagen, was ich euch gesagt habe. An mir wird niemand das Buch vorbeigeschmuggelt haben.«

»Das verschwundene Buch ist ja bestimmt auch ganz schön groß, sodass man es nicht einfach unter seinem T-Shirt verstecken kann, oder?«, fragte Marie.

Die Frau nickte. »Hier ist auch niemand mit Quadratbauch rausgelaufen.«

Kim musste kichern. »Aber wie kann es dann verschwunden sein?«

»Gibt es noch andere Ausgänge?«, fragte Franzi.

»Nur noch einen Ausgang für Mitarbeiter«, erklärte die Frau. »Der wird nicht bewacht.«

»Und wo ist der?«, erkundigte sich Marie.

»Ihr dürft da leider gar nicht hin, Mädchen.« Die Bibliothekarin drehte sich zu einer Kundin, die mit einem großen Bücherstapel auf die Ausleihe zukam. Sie nahm ihr die Bücher ab. »Ihren Ausweis, bitte.«

»Danke.« Kim nickte der Frau zu. »Wir lassen Sie in Ruhe weiterarbeiten.«

Marie zog das Lineal aus ihrer Hosentasche. »Können Sie das Katrin Wagner geben? Ich habe es mir gestern ausgeliehen.«

Die Frau nickte und begann, die Bücher einzuscannen.

»Dahinten ist Stephanie Fuchs«, flüsterte Franzi.

Die Bibliotheksleiterin saß an einem der Tische. Vor ihr stand ein aufgeklappter Laptop. Die drei !!! näherten sich von hinten. Als sie nur noch einen Meter entfernt waren, stoppte Kim abrupt ab und hielt sich den Finger vor den Mund. Franzi und Marie sahen sie fragend an. Kim deutete auf ein Foto, das neben der Tastatur lag. Es war Rosas Foto von dem alten Märchenbuch ihrer Großmutter. Konzentriert versuchte Kim zu erkennen, was auf dem Bildschirm zu sehen war. Sie kniff die Augen zusammen und erkannte schließlich das Wort »Auktion« und ein Bild eines Märchenbuchs, das fast genauso aussah wie das auf dem Foto. Darunter war eine Summe, die Kim aber nicht entziffern konnte.

Die Bibliothekarin klickte das Fenster weg und steckte das

Foto in ein kleines rotes Portemonnaie, das sie blitzschnell in einer Tasche verschwinden ließ. Kim war irritiert: Warum hatte Frau Fuchs dieses Foto und das rote Portemonnaie? Und warum schien sie sich für den Preis des Buches zu interessieren? Die Detektivinnen warfen sich fragende Blicke zu. Sollten sie Stephanie Fuchs darauf ansprechen? In diesem Moment stand die Bibliotheksleiterin auf und entdeckte die Mädchen. »Ach, hallo, konntet ihr gestern schon etwas rausfinden?«

»Nicht wirklich«, begann Marie.

»Wir haben Fingerabdrücke in der Werkstatt entdeckt, die wir noch niemandem zuordnen können«, ergänzte Franzi.

»Schaut euch gern weiter um«, sagte Stephanie Fuchs. »Alex hat heute allerdings seinen freien Tag. Und ich muss leider auch los.« Frau Fuchs winkte den Mädchen zu und lief an der Ausleihe vorbei die Treppe hinunter.

»Lasst uns schnell ihre Fingerabdrücke nehmen«, schlug Marie vor und hatte bereits ihr Fingerabdruckset parat. Die drei Detektivinnen arbeiteten Hand in Hand und hatten in Windeseile den Fingerabdruck von Frau Fuchs auf der Computermaus gesichert.

»Vielleicht hat sie es auf teure und alte Märchenbücher abgesehen?«, überlegte Kim. »Sie hat doch gerade danach recherchiert.«

»Und gestern hat sie so sehr von alten Büchern geschwärmt.« Marie steckte das Fingerabdruckset wieder ein.

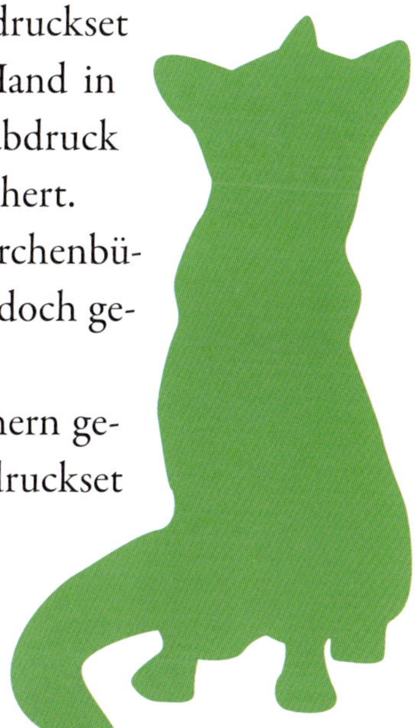

»Wir sollten uns an ihre Fersen heften!« Franzi sprintete los und erntete einen mahnenden Blick der Frau an der Ausleihe. Sie zeigten ihre leeren Hände und liefen in gemäßigterem Tempo die Treppe herunter. Sie beeilten sich, ihre Taschen aus dem Schließfach zu holen, und liefen nach draußen, wo Stephanie Fuchs gerade auf einem roten Rad um die Ecke bog und davonfuhr.

»Hinterher!«, flüsterte Kim. Sie schwangen sich auf ihre Räder und folgten der Bibliotheksleiterin in sicherem Abstand.

»Sie fährt Richtung Waldrand«, keuchte Kim.

»Vielleicht will sie zu Rosas Oma?« Marie fuhr an Kim vorbei zu Franzi.

Schließlich bog Frau Fuchs in eine ruhige Wohnstraße ab. Sie hielt vor einem kleinen Haus mit Garten und lehnte ihr Rad an die Hausmauer.

Die Detektivinnen bremsten ab und gingen hinter einem Baucontainer in Deckung.

Sie konnten sehen, wie die Bibliothekarin hektisch in ihrer Tasche wühlte, den Kopf schüttelte und schließlich den Fußabtreter hochhob.

»Anscheinend findet sie ihren Schlüssel nicht und verwendet den Ersatzschlüssel«, kommentierte Marie das Geschehen.

Sie beobachteten, wie Frau Fuchs das Haus betrat.

»Was machen wir denn jetzt?«, fragte Marie und pustete sich eine blonde Haarsträhne aus dem Gesicht.

Kim zog einen Apfel aus ihrem Beutel. »Wir könnten uns als Hexe verkleiden und ihr einen Apfel anbieten.«

Franzi prustete los. »Sehr gute Idee.«

Plötzlich hörten sie eine Melodie. *Hänsel und Gretel verliefen sich im Wald,* dudelte es aus Maries Tasche.

»Das ist mein neuer Klingelton«, erklärte Marie, während sie ihr Telefon hervorholte. Das Handy spielte weiter: *Es war so finster …* Marie nahm den Anruf entgegen. »Hallo, Oma Agnes.« Sie lauschte. »Was sagst du, Oma? Rosa und ein Wölfchen? Gut, wir kommen.«

Marie legte auf. »Mädels, wir müssen los. Rosa steht bei Oma Agnes im Garten und braucht unsere Hilfe mit einem Wolf.«

Kim biss ungläubig in ihren Apfel. »Ein Wolf in Oma Agnes' Garten??«

Franzi sah Marie entgeistert an, die zuckte mit den Schultern.

Wo ist denn nun der Wolf?«, fragte Franzi mit roten Wangen und vom Wind zerzausten Zöpfen, als sie kurze Zeit später mit ihren Rädern am Gartenzaun von Oma Agnes und Opa Herbert ankamen.

»Aus!«, rief Oma Agnes laut.

Rosa kniete hinter einem Busch. »Sei ein braves Wölfchen.«
Die Freundinnen warfen sich einen irritierten Blick zu, lehnten ihre Räder an den Zaun und liefen in den Garten.
Hinter dem Busch saß ein kleiner grauer Hundewelpe, der sich Oma Agnes' Wollknäuel geschnappt hatte und darauf herumkaute. »Aus jetzt! Daraus möchte ich eine Mütze für Finn stricken.«
Der kleine Hund dachte aber nicht daran, das Knäuel wieder herzugeben. Mit seinen Pfoten und seinen kleinen spitzen Zähnen hatte er es bereits komplett auseinandergerupft.
Franzi kniete sich neben Rosa auf die Wiese. »Wer bist du denn?« Behutsam strich sie dem Hundewelpen über den Rücken. Er bellte, was eher nach einem Fiepen klang, und hielt inne. »Magst du es, gekrault zu werden?«
Der kleine Hund ließ sich auf den Rücken fallen und genoss Franzis Zuwendung.
Schnell schnappte Marie sich die Wolle und begann, sie wieder aufzuwickeln.
Kim sah sich um. »Es gibt hier also gar keinen Wolf, sondern nur diesen kleinen Hund?«
»Genau.« Rosa lächelte.
»Gehört er dir?«, fragte Marie.
»Nein.« Rosa räusperte sich. »Also: Ich war auf dem Weg zu meiner Oma. Ich habe heute Morgen für sie einen Schokokuchen gebacken. Unterwegs habe ich diesen Alex getroffen, den aus der Bibliothek von gestern. Er ging

mit Wölfchen, das ist wirklich sein Name, Gassi. Ich fand Wölfchen so süß und da hat er mich gefragt, ob ich auf ihn aufpassen möchte.« Rosa zuckte mit den Schultern. »Meine Oma und meine Mama haben Tierhaarallergien, deshalb darf ich keinen Hund haben. Ich hab Ja gesagt, und er meinte, ob ich auch jetzt könnte, er müsste nämlich dringend in die Bibliothek.«

»Und dann hast du den Hund genommen und er ist in die Bibliothek gefahren?«, fragte Marie.

Rosa nickte.

»Wann war das?«, erkundigte sich Franzi.

»Vor ungefähr drei Stunden.«

Kim kam das Ganze sehr seltsam vor, denn Alex war ja gar nicht in der Bibliothek erschienen. Sie sah Franzi und Marie an, dass sie das Gleiche dachten.

»Warum hat er denn niemand anderen, der sich um seinen Hundewelpen kümmert?«, fragte Franzi irritiert.

Rosa zuckte mit den Schultern und seufzte. »Meine Oma macht sich bestimmt schon Sorgen. Ich habe versucht, sie anzurufen, aber sie geht nicht ans Telefon. Und mit Wölfchen kann ich nicht bei ihr aufkreuzen wegen ihrer Tierhaarallergie.«

»Wir passen auf Wölfchen auf und du gehst zu deiner Oma«, schlug Kim vor. Franzi und Marie nickten.

Wölfchen war schon wieder losgewetzt und tapste über ein Kräuterbeet. Dann hob er sein Bein an einer Erdbeerpflanze. Oma Agnes stand daneben und verzog das Gesicht.

»Wir gehen mit ihm Gassi«, entschied Marie und gab ihrer Oma das fertig aufgewickelte Wollknäuel. »Wo will Alex den Welpen denn eigentlich wieder abholen?«

Rosa ließ den Kopf hängen. »Das habe ich vergessen zu fragen.«

»Wir können ja vielleicht in der Bibliothek nachfragen«, schlug Franzi vor. »Geh du ruhig zu deiner Oma.«

»Danke. Ihr seid toll!« Rosa nahm einen Korb, der neben der Gartentür stand. »Huch?«

»Was ist?«, fragte Marie.

»Der Kuchen, den ich für Oma gebacken habe, ist weg.«

»Was?« Kim kam näher. »Normalerweise sind Kuchen vor uns nicht so sicher, aber damit haben wir nichts zu tun.«

Rosa nahm den Korb. »Vielleicht habe ich ihn auch zu Hause vergessen? Oder irgendwer hat ihn stibitzt, weil ich von Wölfchen abgelenkt war.« Sie lief los. »Egal, dann bringe ich meiner Oma Blumen mit. Das hat Alex auch vorgeschlagen.« Plötzlich fiel ihr etwas ein. »Ach nee, das geht auch nicht. Mein Portemonnaie ist seit gestern weg.«

»Meinst du das rote?«, fragte Kim.

Rosa nickte. »Ach, dann pflücke ich vielleicht noch ein paar Blumen.« Sie drehte sich zu Oma Agnes. »Entschuldigung, dass Wölfchen die Wolle so durcheinandergebracht hat. Und danke, dass Sie Kim, Franzi und Marie angerufen haben.«

Oma Agnes lächelte gequält. »Kein Problem,

Rosa. Grüße deine Oma von mir und wünsch ihr gute Besserung.«

»Danke schön. Ach, das hab ich noch vergessen.« Rosa holte eine Leine aus ihrem Korb und gab sie Franzi.

Als Rosa weg war, seufzte Oma Agnes. »Könnt ihr mit dem kleinen Flegel jetzt endlich ein bisschen spazieren gehen?«

»Machen wir«, sicherte Marie ihr zu, »aber zuerst muss er etwas trinken.« Sie holte eine Schüssel aus dem Haus und füllte sie mit Wasser. Die Freundinnen sahen dabei zu, wie der kleine Hund ein paar Schlucke nahm.

»Was ist das überhaupt für eine Rasse?«, fragte Kim.

Franzi wiegte den Kopf hin und her. »Ich bin nicht ganz sicher. Ein Mischling, glaube ich. Vermutlich Schäferhund mit einem etwas kleineren Tier.«

»Sieht extrem süß aus. Und hat ganz schön große Öhrchen«, stellte Marie fest. »Und durch das graue Fell sieht er wirklich ein bisschen aus wie ein kleiner Wolf.«

»Komm, Wölfchen, wir gehen zusammen in den Wald.«

Behutsam legte Franzi die Leine an und Wölfchen lief los.

Er schnupperte an jedem Stein und Baum.

»Weit werden wir wohl nicht kommen«, lachte Kim und setzte sich auf einen umgefallenen Baumstamm. »Hoffentlich kommen wir aber mal weiter in Sachen Märchenbuch.«

Franzi hockte sich auf den Waldboden neben den kleinen Hund und knuddelte ihn.

»Findet ihr das nicht auch alles höchst seltsam?«, fragte Kim. »Warum hat Alex Rosa den Hund überlassen und ist gar nicht in der Bibliothek gewesen? Frau Fuchs hat doch gesagt, dass er seinen freien Tag hat.«

»Ja, und weshalb hat sie Rosas Portemonnaie und recherchiert nach dem Buch von Rosas Oma?« Franzi zupfte eine Tannennadel aus Wölfchens Fell. »Wir müssen unbedingt noch mal zu ihr und herausfinden, was sie vorhat.«

Marie zog ihr Handy aus der Tasche. »Ich rufe mal in der Bibliothek an.« Sie wählte und wartete. »Hallo, mein Name ist Dr. Marlene von Bergen«, sagte sie mit verstellter tiefer

Stimme. »Ihr Mitarbeiter Alex Hansen ist ein ehemaliger Student von mir. Ich muss dringend mit ihm sprechen. Danke.« Marie wartete. Kim und Franzi lauschten gespannt. »Ach, er war nur ganz kurz da? Vor drei Stunden? Danke.« Sie legte auf. »Seltsam.«

»Was machen wir denn jetzt?«, fragte Franzi.

»Wir sollten uns aufteilen. Franzi, du bleibst bei Wölfchen. Marie und ich fahren noch mal zu Frau Fuchs.«

»Guter Plan.« Franzi lehnte sich an den Baumstamm und nahm den kleinen Hund auf den Schoß.

Auf dem Klingelschild stand »Fuchs«. Marie drückte auf den Knopf. Sie warteten, aber niemand machte auf. Marie klopfte an die Tür. »Hallo?«

»Schau mal, ihr Fahrrad ist auch nicht da.« Kim zeigte zur Hauswand, an die Stephanie Fuchs vorhin ihr Rad gelehnt hatte.

»Kann ich euch helfen?«, klang eine kratzige Stimme vom Nachbargrundstück herüber. Kim und Marie drehten den Kopf und entdeckten eine ältere Dame mit einer Gartenschere in der Hand. Sie kam näher.

»Guten Tag. Wir möchten zu Frau Fuchs«, sagte Marie.

Die Frau steckte ihre Gartenschere in die Schürze. »Sie ist nicht da.«

Marie lächelte die Frau an. »Lebt Frau Fuchs allein?«

»Nein, neuerdings hat sie einen Hund. Aber den hat sie vorhin gesucht.« Die Nachbarin zog die Augenbrauen zusammen. »Ihr seid aber ganz schön neugierig.«

Marie zuckte mit den Schultern und lächelte unschuldig. »Kann sein. Danke für die Auskunft.«

Die Mädchen verabschiedeten sich von der Frau und warteten, bis sie wieder in ihrem Garten verschwunden war.

»Ich würde gern an der Türklinke Fingerabdrücke nehmen«, sagte Kim. Wieder arbeiteten die beiden schnell und hatten nur kurze Zeit später die Abdrücke in Kims Notizbuch gesichert.

»Sieh mal, die Abdrücke von der Computermaus passen mit denen auf der Türklinke zusammen«, sagte Kim. »Das sind also die von Frau Fuchs. »Aber hier, diese Abdrücke von gestern aus der Werkstatt stimmen mit den anderen Abdrücken auf der Klinke überein.«

»Also muss jemand, der in der Werkstatt war, auch hier gewesen sein«, kombinierte Marie. »Vielleicht ist das eine Erklärung dafür, dass Frau Fuchs vorhin ihren Schlüssel nicht in der Tasche gefunden hat.«

»Weil dieser jemand den Schlüssel geklaut hat«, überlegte Kim weiter. »Um anschließend den Hund zu stehlen?«

»Wölfchen«, sagte Marie und zog ihr Handy aus der Tasche. »Wir müssen Franzi informieren.«

Franzi blickte auf ihr Handydisplay. »Warum melden Kim und Marie sich denn nicht endlich?« Im selben Moment gab das Telefon einen schrillen Warnton von sich und ging aus. »Mist, der blöde Akku ist schon wieder leer.«
Sie blickte zu Wölfchen, der gerade einem Schmetterling hinterherjagte. »Komm, Wölfchen, wir gehen mal ein Stück. Franzi leinte den jungen Hund an und lief mit ihm am Waldrand entlang. Ein kleines rostrotes Häuschen leuchtete durch die Bäume. Es war von hohen Tannen umgeben. Franzi kam näher. Das Haus erinnerte sie ein bisschen an ein Lebkuchenhaus. Nur dass darin keine Hexe lebte, sondern Rosas Großmutter. Eine Krücke stand neben der Eingangstür, zu der ein kleiner Kiesweg führte. Man musste einige Stufen hinaufgehen, um zur Haustür zu gelangen. Undenkbar mit einem gebrochenen Bein.
Der kleine Garten war verwildert. Ein Meer von Rosenbüschen wuchs vor dem Haus. Das Gras war sehr hoch, eine Holzbank stand unter einem Baum und überall wucherten

Kräuter und Büsche. Franzi entdeckte ein paar abgeknickte Rosenzweige. Hatte Rosa sie für ihre Oma gepflückt? Sie atmete den Duft einer rosafarbenen Rose ein. Wölfchen zog an der Leine Richtung Haus. Franzi lief einige Schritte hinter ihm her. Unter einer hohen Tanne blieb ihr Blick an etwas hängen. Rosas rosafarbene Kappe lag zwischen den Tannennadeln auf dem Boden. Franzi hob sie auf und sah sich um. Ein morscher Ast knackte unter ihren Füßen und sie zuckte zusammen. Sie blickte sich um und entdeckte plötzlich jemanden, der von der Rückseite des Hauses kam und um das Haus schlich. Schnell schnappte Franzi Wölfchen und war mit einem Sprung hinter einer wild wachsenden Buchsbaumhecke am Rand des Weges verschwunden. »Pssst, Wölfchen, du musst jetzt ganz leise sein. Bitte nicht knurren oder bellen!« Beruhigend streichelte sie über sein weiches Fell und spähte dabei durch die Blätter. Zunächst konnte sie nur Beine erkennen. Die Gestalt stellte sich auf die Zehenspitzen. Was hatte sie nur vor und wer war sie? Vorsichtig bog Franzi einen Zweig beiseite und erhaschte einen Blick auf die Person. Es war Stephanie Fuchs. Franzi stockte der Atem. Warum schlich die Bibliothekarin hier durch den Garten und guckte heimlich in das Haus von Rosas Großmutter?

Franzi beobachtete, wie Frau Fuchs noch mal zur Rückseite des Hauses lief. In ihrem Kopf ratterte es. Was sollte sie jetzt machen?

Plötzlich wurde sie von hinten angetippt. Erschrocken fuhr sie herum. Es waren Kim und Marie, die durch das Gebüsch zu ihr krabbelten.

»Was machst du hier?«, wisperte Kim.

»Stephanie Fuchs«, flüsterte Franzi. »Sie schleicht um das Haus herum und guckt durch die Fenster«, berichtete Franzi, die noch immer Rosas Kappe in der Hand hielt. »Die lag auf dem Boden unter der Tanne. Vielleicht hat sie sie beim Pflücken der Rosen verloren?« Franzi deutete auf die abgeknickten Rosenzweige.

Unruhig wedelte Wölfchen mit dem Schwanz. »Pssst«, flüsterte Franzi.

»Es gibt Neuigkeiten«, begann Kim. »Eine Nachbarin hat uns berichtet, dass sie einen kleinen Hund hat, den Frau Fuchs angeblich gerade gesucht hat.«

»Außerdem haben wir Fingerabdrücke von ihrer Türklinke genommen. Dort befanden sich neben denen von Frau Fuchs auch dieselben, die wir in der Werkstatt gefunden haben«, berichtete Marie weiter.

»Frau Fuchs hat doch ihren Schlüssel gesucht. Jemand muss ihren Hund gestohlen haben. Jemand, der auch Zutritt zur Bibliothekswerkstatt hat.«

»Alex?«, flüsterte Franzi. Sie setzte Wölfchen auf den erdigen Boden und sah, dass Stephanie Fuchs nun wieder aus dem hinteren Bereich des Grundstücks hervorkam. Im selben Moment lief der kleine Hundewelpe los. Franzi versuchte, die Leine zu fassen, aber sie hatte keine Chance. Der Hund war schneller.

Die drei !!! beobachteten, wie er durch die Hecke auf Stephanie Fuchs zuraste. »Wölfchen!«, rief diese und nahm den kleinen Hund auf den Arm. Sie sah sich um. »Wo kommst du denn her?«

Die Detektivinnen hielten den Atem an. Bewegungslos hockten sie in den Büschen und hofften, dass Frau Fuchs sie nicht entdecken würde. Die dunkelhaarige Frau setzte Wölfchen wieder auf den Boden. Sie ging in die Hocke und hielt die Leine mit beiden Händen fest. Wölfchen wuffte und schleckte ihr über das Gesicht. »Ich bin so froh, dass ich dich gefunden habe. Komm, wir gehen nach Hause.«

Aus ihrem Versteck beobachteten Kim, Franzi und Marie, wie Frau Fuchs das rote Portemonnaie von Rosa aus der Tasche zog und mit Wölfchen an der Leine über den knirschenden Kiesweg zum Haus lief. Vor dem Briefkasten blieb sie stehen, zögerte kurz, steckte den Geldbeutel dann aber wieder in ihre Tasche. Sie drehte sich um und lief mit ihrem Hund zur Gartenpforte. Die Detektivinnen hielten erneut den Atem an, denn sie ging ganz nah an ihnen vorbei.

»Das ist ja interessant! Wölfchen ist also der Hund von Frau Fuchs?«, flüsterte Kim ungläubig, als die Bibliothekarin außer Hörweite war.

Franzi nickte. »Sieht ganz so aus. Er ist ja sofort zu ihr gewetzt.«

»Warum war sie hier?« Marie befühlte nachdenklich die Erde mit ihren Fingerspitzen.

»Und warum hat Alex Wölfchen gestohlen und behauptet, er gehöre ihm?«, fragte Kim. Sie hatte bereits eine dunkle Vorahnung. »Um Rosa abzulenken, damit sie nicht zu ihrer hilflosen Oma geht?«

»Dann hat Alex es also auf das kostbare alte Märchenbuch abgesehen?«, folgerte Franzi.

»Es passt alles zusammen: Alex ist neu in der Bibliothek, er kennt sich bestens mit Märchen aus und …«, überlegte Kim weiter.

»Dann hat er das kostbare Buch aus der Werkstatt gestohlen«, platzte es aus Marie heraus.

»Ja, das ist möglich«, sagte Kim aufgeregt. »Und bei unserem Gespräch in der Bibliothek gestern hat er mitbekommen, dass Rosas Oma ebenfalls ein kostbares Märchenbuch besitzt.«

»Außerdem hat er erfahren, dass sie aufgrund ihres Beinbruchs gerade außer Gefecht gesetzt ist«, ergänzte Franzi.

Marie schlug sich mit der flachen Hand an die Stirn. »Und ich hab ihm auch noch verraten, wo sie wohnt, als ich sagte, dass sie im Buchenkamp lebt.«

Die Detektivinnen sahen zum Haus. Die Fenster waren trotz des sommerlichen Wetters alle verschlossen, die Vorhänge waren zugezogen.

»Wir müssen schnellstmöglich nachsehen«, sagte Kim. Sie robbte aus dem Gebüsch und nacheinander kamen auch

Franzi und Marie hervor. Auf leisen Sohlen schlichen die drei Mädchen über den Kies, der unter ihren Füßen knirschte. Vorsichtig näherten sie sich dem Haus.
Franzi stockte. »Guckt mal, da sind frische Fußspuren von sehr großen Füßen in der Erde.« Sie zeigte auf das Beet, das sich genau unter einem Fenster befand.
»Das spricht dafür, dass da ein Mann von außen reingeguckt hat«, überlegte Marie und schauderte. »Irgendwie unheimlich.«
»Sollen wir klingeln?«, fragte Kim.
Marie schüttelte den Kopf. »Es wird niemand öffnen. Und ich glaube es ist besser, wenn wir ihn überraschen. Nicht, dass er flieht.«
»Kommt mit.« Franzi zog Kim und Marie mit sich. Kim schnappte sich die Krücke, die an der Hauswand lehnte.
Geduckt liefen sie an der Hauswand entlang durch den Garten zur Rückseite des Hauses. Hier befand sich eine Außentreppe zum Keller des Hauses. Marie hastete die Treppe hinunter und suchte in ihrem Beutel nach ihrem Universalschlüssel-Set. »Das Schloss ist einfach zu knacken. Der hier müsste passen.« Vorsichtig steckte sie einen Schlüssel in das Schlüsselloch und ruckelte sanft daran herum. Es klackte und das Schloss ging auf.
Kim und Franzi hielten die Daumen nach oben. Marie drückte auf die Türklinke und die Mädchen huschten in das Haus.
»Ist das dunkel hier«, wisperte Kim. »Und es riecht staubig,

so als hätte das Haus in einem hundertjährigen Schlaf gelegen.«

Marie aktivierte die Taschenlampe ihres Handys. Einige Regale mit selbst beschrifteten Marmeladengläsern und Büchern kamen zum Vorschein. »Lesen und Marmelade, das gefällt mir«, flüsterte Kim.

Sie tapsten durch den Raum und kamen zu einem schmalen Flur, an dessen Ende eine Treppe nach oben führte. Leise schlichen sie hintereinander im Schein von Maries Handytaschenlampe nach oben. Ein Lichtstrahl kam unter der Kellertür hervor. Marie schaltete ihre Taschenlampe aus und drehte sich fragend zu ihren Freundinnen um.

»Warte kurz«, flüsterte Kim. Sie streckte den Arm aus. Franzi legte ihre Hände auf Kims Hand, Marie tat es ihr nach. »Die drei !!!«, flüsterten alle drei im Chor. Kim wisperte: »Eins!«, Franzi »Zwei!« und Marie »Drei!«. Dann warfen sie die Arme in die Luft und flüsterten: »Power!!!«

Auf den Powerspruch war Verlass. Wie jedes Mal, wenn die drei !!! ihn durchführten, spürte Kim, dass sich eine Energie-Welle in ihrem Körper ausbreitete. »So, jetzt schnappen wir uns den Wolf«, raunte sie ihren Freundinnen zu.

Vorsichtig öffnete Franzi die Tür einen Spalt breit. Mit der Krücke bewaffnet traten die Detektivinnen langsam durch die

Tür. Sie befanden sich in einem Flur, von dem mehrere Türen abgingen. Die Tür zum Wohnzimmer stand offen. Ein klägliches Wimmern kam aus dem Zimmer. Die Mädchen huschten durch die Tür und betraten das Wohnzimmer. Rosa saß auf einem Stuhl, ihre Füße waren gefesselt und ihre Hände hinter der Lehne ebenfalls. Ihre Großmutter saß mit gefesselten Händen auf dem Sofa, das Gipsbein lag auf einem Hocker. Im Zimmer war es dunkel, durch die geschlossenen Vorhänge drang nur wenig Licht.

Rosa riss die Augen auf, als sie die Mädchen entdeckte. Sie atmete schnell. Ihr Mund war mit einem Taschentuch verbunden.

Rosas Großmutter blickte die Mädchen ängstlich an.

Franzi sprang zu Rosa und zog ihr vorsichtig das Taschentuch vom Mund.

»Alex«, keuchte Rosa. »Er hat das Buch. Und ist noch im Haus.«

Kim, die noch immer die Krücke in der Hand hatte, sah sich im Raum um. Sie entdeckte auf dem massiven alten Sekretär, der an der Wand neben dem Fenster stand, einen goldenen Brieföffner. Schnell holte sie ihn und gab ihn Franzi, die mit größter Mühe zunächst das Seil an den Handgelenken der Großmutter löste.

Marie hatte eine Schere gefunden und in Windeseile banden die Detektivinnen nun auch Rosa los.

»Ich glaube, er ist in der Küche«, wisperte Rosa. »Er hat den

Kuchen geklaut, den ich gebacken hatte, und mit hierher genommen. Um damit meine Oma auszutricksen.«

Frau Seidel nickte und wischte sich eine Träne aus dem Augenwinkel.

»Er darf nichts merken«, wisperte Marie. Geschickt drapierte sie den Strick jetzt so, dass es so aussah, als seien die beiden noch immer gefesselt.

Franzi spähte in den Flur. »Im Flur steht ein schwarzer Rucksack.«

»Der gehört Alex, darin ist das Buch von meiner Oma«, raunte Rosa.

Marie hatte ihr Handy aus der Tasche geholt und schrieb eine Nachricht. »Ich sage Kommissar Peters Bescheid.«

»Wir müssen das Buch retten, ehe er damit abhaut.« Kim lugte durch den Türspalt und sah sich den Rucksack genauer an. Dabei fiel ihr ein, dass sie ja noch immer ihren Rucksack trug und die Krücke in der Hand hielt. Sie stellte beides ab und holte ihr Mathebuch heraus.

»Du willst jetzt aber nicht rechnen?«, fragte Franzi entsetzt.

»Nein, wir machen etwas, womit Alex nicht rechnet.« Entschlossen lief Kim in den Flur, holte den Rucksack mit dem Diebesgut und öffnete ihn. Sie erstarrte. »Unglaublich!« Vorsichtig zog sie zunächst das Buch

von Rosas Großmutter und dann noch ein weiteres Buch heraus. Es war in Leder gebunden und an einigen Stellen sehr abgenutzt. Auf dem Cover war eine wunderschöne, leicht verblichene Zeichnung von Rotkäppchen und dem Wolf abgebildet.

»Er hat also auch das Märchenbuch aus der Bibliothek gestohlen«, sagte Marie.

Schnell schob Kim beide Bücher unter das Sofa, auf dem Frau Seidel saß, und steckte ihr Mathebuch in den Rucksack von Alex. Dazu kam noch ihr Grammatikbuch. Sie hob den Rucksack an und nickte. »Das passt vom Gewicht.«

»Genial«, freute sich Franzi. »Bei Rotkäppchen füllen sie den Wolfsbauch mit Steinen. Und wir füllen den Rucksack mit Schulbüchern.« Sie stellte den Rucksack wieder in den Flur.

Im nächsten Moment waren Schritte zu hören und die drei Detektivinnen sprangen mit einem Satz hinter das Sofa. Sie hielten den Atem an, als Alex den Raum betrat.

Kim konnte seine Füße sehen. Er stand genau neben ihrem Rucksack. Sie schloss die Augen und versuchte, an etwas Schönes zu denken, um nicht panisch zu werden.

»So, Rosa und Oma. Ich hoffe, ihr werdet bald befreit. Bis dahin bin ich hinter den sieben Bergen.« Alex drehte sich um, ging zu seinem Rucksack und schulterte ihn. Dann stapfte er zum Hauseingang. Kurz darauf fiel die Tür ins Schloss. Die Mädchen saßen noch einen Moment wie versteinert da, ehe sie

sich trauten, hinter dem Sofa hervorzukommen. Schnell liefen sie zur Tür. Marie entdeckte am Schlüsselbrett den Haustürschlüssel und schloss vorsorglich von innen ab, dann zeigte sie zur offenen Küchentür. Auf dem Tisch stand ein Teller mit Kuchenkrümeln. »Unfassbar!«, sagte sie empört. »Da hat er noch in Ruhe gegessen, während Rosa und Frau Seidel gefesselt im Wohnzimmer saßen.«
Im selben Moment schlug jemand gegen das Küchenfenster. Es war Alex, der in einer Hand Kims Mathebuch hielt. Sein Gesicht war wutverzerrt und erinnerte Kim an einen Wolf mit gefletschten Zähnen.

Die drei !!! wichen zurück.
Doch dann sahen die Mädchen eine große Hand, die Alex von hinten am Rucksack packte. »Sie sind vorläufig festgenommen«, tönte Kommissar Peters, der dem Dieb nun gemeinsam mit seinem Kollegen Handschellen anlegte.
Rosa betrat die Küche. »Ich bin euch so dankbar.«
Franzi zog Rosas Cap aus ihrem Beutel und setzte sie ihr auf. »Die hast du verloren.«
Rosa lächelte. »Danke.«
Sie öffneten dem Kommissar die Tür.
Kim lief zurück ins Wohnzimmer und zog die Vorhänge auf. Sie setzte sich neben Frau Seidel auf das Sofa. »Geht es Ihnen gut?«
Die alte Dame war noch etwas blass. »Ja, danke. Ihr seid tolle Mädchen. Und sehr mutig.«
»Dem kann ich nur zustimmen.« Kommissar Peters betrat das Wohnzimmer und stellte sich vor. Dann nahm er ebenfalls neben Frau Seidel Platz. »Mein Kollege bringt den Mann bereits aufs Revier. Ich würde gern von Ihnen wissen, was passiert ist.«
»Die Haustür war angelehnt, weil ich auf Rosa gewartet habe. Der Mann ist einfach reingekommen, hat behauptet, er sei Rosas Lehrer und hätte einen Kuchen dabei.« Frau Seidel seufzte. »Ich Dussel bin auf ihn hereingefallen und hab ihm sogar verraten, wo das Buch ist.« Die alte Dame schluchzte auf. »Als Rosa kam, hat er uns gefesselt.«

»Und dann haben uns Kim, Franzi und Marie gerettet«, erklärte Rosa.
Kim zog die beiden Bücher unter dem Sofa hervor. Eins gab sie Rosas Oma, das andere hielt sie dem Kommissar hin. »Das ist das verschwundene Buch aus der Bibliothek.«
»Wow. Da haben unsere cleveren Detektivinnen ja mal wieder ganze Arbeit geleistet«, staunte der Kommissar.
Es klopfte an die Tür. »Ich mach auf.« Franzi lief zur Haustür und öffnete sie.
Davor stand Stephanie Fuchs mit Wölfchen. In der Hand hatte sie Rosas Portemonnaie. »Ach, hallo, Franzi.«
Wölfchen wedelte mit dem Schwanz und sprang an Franzis Bein hoch. »Hallo, Wölfchen.« Liebevoll wuschelte sie ihm über den Kopf.
»Ihr kennt euch?«, fragte Stephanie Fuchs überrascht. »Ich war vorhin schon mal kurz hier, irgendwie hatte ich ein ziemlich komisches Gefühl, deshalb bin ich schnell noch mal hergekommen.«
Frau Fuchs gab Rosa das zufällig in der Bibliothek gefundene Portemonnaie und die Detektivinnen klärten sie über die Geschehnisse auf.
Sie saßen draußen auf der Veranda und Wölfchen lief durch den Garten.
Mittlerweile waren auch Frau Seidel auf Krücken, Kommissar Peters und Rosa dazugekommen. Rosa hatte auf einem Tablett den restlichen Kuchen, Teller und

eine Kanne Kakao mitgebracht und mithilfe von Kim, Franzi und Marie den Tisch gedeckt.

Die Erleichterung war auf allen Seiten groß. »Ohne euch hätte unsere Bibliothek einen so großen Verlust erlitten«, sagte Stephanie Fuchs zu den drei !!!.

»Ach übrigens, Sie sollten den Ersatzschlüssel nicht unter der Fußmatte aufbewahren«, fiel Marie ein.

Frau Fuchs nickte. »Danke für den Tipp. Ich bin so froh, dass ihr Rosa und Frau Seidel geholfen habt.« Sie drehte sich zu Frau Seidel. »Sie haben da ein ganz wundervolles und kostbares Märchenbuch. Ich kann Ihnen anbieten, es in unserer Werkstatt restaurieren zu lassen.«

Frau Seidel hielt überglücklich ihr Märchenbuch in den Händen und strahlte Frau Fuchs an. Sie wiegte den Kopf hin und her. »Das wäre eigentlich gar nicht schlecht. Wissen Sie, die Seite, in der Rotkäppchen den Wolf fragt, warum er so große Ohren, Augen, Hände und so einen großen Mund hat, ist leider zerrissen.«

»Ich glaube, ich habe die Botschaft aus dem Märchen jetzt verstanden«, platzte es aus Kim heraus. »Wenn wir klug und mutig durchs Leben gehen, besiegen wir am Ende den hinterlistigen Wolf.«

Rosa nickte. »Aber Wölfchen war so süß. Und Alex echt nett.«

»Ich bin auch auf ihn hereingefallen«, seufzte Stephanie Fuchs. »Und habe ihn sogar eingestellt. Ich brauchte aber auch einfach schnell Unterstützung, da ich Wölfchen ja noch nicht lange allein zu Hause lassen kann.«

»Ich kann gerne öfter mit ihm Gassi gehen«, bot Rosa an. »Am liebsten mit den drei !!!.«

Frau Fuchs lächelte. »Das Angebot nehme ich sehr gern an.«

»Es ist alles gut ausgegangen«, sagte Kim und steckte sich ein großes Stück Kuchen in den Mund.

Franzi tat es ihr nach. »In deinem Referat musst du unbedingt noch erwähnen, dass nicht nur der Wolf einen großen Mund hat, damit er besser essen kann.«

»Und wenn sie nicht gestorben sind …«, begann Marie.

»… dann essen sie noch heute«, nuschelte Kim und alle lachten.

DIE
MÄRCHEN-
HAFTEN
VIER

»Schneeweißchen oder Rosenrot?«, fragte Marie.
Kim und Franzi drehten sich um. Kim zog fragend die Augenbrauen hoch.
»Modell Schneeweißchen oder Modell Rosenrot?«, wiederholte Marie und hielt zwei Päckchen hoch. »Weiß mit Glitzer oder Rot mit zarten Rosenranken?«
Franzi fing an zu lachen. »Du redest von Strumpfhosen? Und ich dachte, wir sind plötzlich im Märchenland gelandet.«
»Sind wir doch auch!« Marie drehte sich einmal um die eigene Achse. »Die Auswahl hier ist märchenhaft, ich find's total cool.«
Kim und Franzi sahen sich an und grinsten. Na gut, ein wenig konnten sie Marie verstehen. Der altmodische Laden namens *Das Strumpfband* verkaufte zwar nichts weiter als Socken, Strümpfe und Strumpfhosen, aber die gab es dafür in allen Farben des Regenbogens, dick und dünn, mit Muster und ohne. Für Marie, die Mode so sehr mochte wie Franzi ihre Haustiere Polly und Tinka und Kim ihr geheimes Tagebuch, war dies ein kleines Paradies.
»Ich nehme beide«, entschied Marie.
Es war Samstagnachmittag. Zum ersten Mal seit Wochen spitzte die Frühlingssonne zwischen grauen Wolken hervor. In der Innenstadt drängten sich die Menschen. Auch Marie Grevenbroich, Franziska Winkler und Kim Jülich machten

einen Stadtbummel. Sie waren beste Freundinnen – und Detektivinnen. Als *Die drei !!!* hatten sie schon zahlreiche Fälle gelöst. Doch heute ermittelten sie nicht, sondern genossen ihre Freizeit. Marie hatte sie in die Räubergasse gelotst, eine Seitenstraße mit alten Häusern und kleinen Geschäften.

»Können wir eine Pause machen?«, stöhnte Franzi. »Meine Füße tun weh!«

»Und ich habe Durst«, stellte Kim fest. »Oh, wie schön wäre jetzt ein *Kakao Spezial* … vielleicht in einem netten Café …«

Marie lachte und hakte sich bei ihren Freundinnen ein. »Ich verstehe schon, Mädels«, sagte sie. »Ihr wollt ins *Café Lomo*. Vielleicht kann ich vorher noch ganz kurz in die Buchhandlung … und bei dem Schmuckladen ins Schaufenster gucken und … was ist denn das?« Marie verstummte.

Auch Kim und Franzi hatten ihr Stammcafé kurzzeitig vergessen. Vor ihnen in der Fußgängerzone hatte sich ein kleiner Menschenauflauf gebildet. Neugierig drängten sich die Mädchen nach vorne.

Marie und Franzi blieb der Mund offen stehen. »Ist … das … cool«, war alles, was Kim sagen konnte.

Dann sahen alle drei einfach nur zu: Mitten in der Räubergasse, umgeben von Schaulustigen, standen vier Jugendliche. Es waren zwei Jungs und zwei Mädchen, Kim schätzte sie auf 18 bis 20 Jahre. Ein blonder Junge in Sportklamotten stand am Rand und machte nur mit dem Mund Geräusche, die exakt wie ein Schlagzeug klangen. Der Rhythmus war mitreißend und viele Zuschauer klatschten oder schnipsten. Ein schmales, rothaariges Mädchen zeigte die tollsten Turnübungen: Saltos vorwärts und rückwärts, Handstände, elegante Verbiegungen. Der dunkelhaarige Junge war ein Breakdancer: Er wirbelte auf dem Boden herum, hielt sich auf den Händen, dann allein auf einer Hand, sprang auf die Beine und zurück auf die Hände – es war atemberaubend! Kim jubelte laut auf. Sie sah ihre Freundinnen an und die beiden strahlten zurück. Sie waren begeistert! Schließlich kam der Auftritt des zweiten Mädchens. Mit ihren breiten Schultern und den Klamotten mit Leoprint

erinnerte sie Marie sofort an eine Raubkatze. Ihre Stimme klang ein wenig wie ein Schnurren, als sie begann, auf Englisch zu rappen. Marie verstand nicht jedes Wort, aber sie schnappte die Worte *»our adventure«* und *»we are the fairy-tale four«* auf: *unser Abenteuer* und *wir sind die vier aus dem Märchen*.
Dann kam ein Teil, den das Publikum anscheinend schon kannte. Die Menschen klatschten rhythmisch, während sich die beiden Jungs dicht nebeneinanderstellten. Das Mädchen im Leoprint kletterte auf ihre Schultern. Atemlos sahen Kim, Marie und Franzi zu, wie zum Schluss die Turnerin leichtfüßig an der menschlichen Pyramide hinaufkletterte und sich auf den Schultern ihrer Freundin aufrichtete.

»Wer sind wir?«, rief das Mädchen im Leoprint.

»Wir!«, riefen ihre Freunde im Chor. Die Zuschauer fielen ein.

»Wo sind wir?«

»Hier!«

»Wie sind wir?«

»Frei und frech – wir sind FF!«

Das Publikum tobte. Die vier Jugendlichen hielten noch ein paar Sekunden ihre Formation aufrecht, dann bauten sie den Turm wieder ab. Applaus brandete auf, viele Menschen pfiffen begeistert.

»Yeah! Suuuper!«, jubelte Marie.

Franzi klatschte wie wild mit den Händen über dem Kopf.

»Zugabe! Zugabe!«, schrie Kim.

Der dunkelhaarige Breakdancer zwinkerte ihr zu, schüttelte aber den Kopf. Er war schweißüberströmt und keuchte. Er nahm seine Cap vom Kopf und ging damit durch die Reihen der Zuschauer. Fast alle warfen klingelnde Münzen hinein. Auch Kim, Marie und Franzi spendeten von ihrem Taschengeld. Eine Frau schräg vor ihnen ließ sogar einen Zwanzig-Euro-Schein in die Mütze fallen. Der glatzköpfige Mann neben ihr gab dagegen gar nichts. »So viel Trubel vergrault mir bloß die Kundschaft«, murmelte er mit saurer Miene, marschierte davon und schloss die Tür zum Kiosk an der Ecke auf. Anscheinend passte es ihm nicht, dass die Straßenkünstler seine Kunden ablenkten. Die großzügige Frau wandte sich nun ebenfalls ab und verschwand in der Buchhandlung *Bücherhimmel*, die neben dem *Strumpfband* lag. Marie sah, wie sie sich hinter den Ladentisch stellte. Der Auftritt der Jugendlichen hatte also nicht nur die Schaufensterbummler angelockt, sondern auch die Verkäufer der umliegenden Geschäfte.
»Stopp!«, rief Kim plötzlich und bückte sich. Der leichte Geldschein war aus der Mütze gesegelt, ohne dass der Junge es bemerkt hatte. Kim hob ihn auf und rannte ihm hinterher. »Du hast etwas verloren.«
»Danke!« Der Junge lächelte Kim an. »Nett, dass du so ehrlich bist. Du hättest das Geld ja auch behalten können.«
»Niemals!«, meinte Kim entsetzt. »Das habt ihr euch verdient. Eure Show war fabelhaft!«

»Einfach mega«, stimmte Marie ein, die Kim mit Franzi gefolgt war. »Ihr habt alle so viel Talent! Wie heißt noch mal das, was dein Freund gemacht hat? Das, was wie ein Schlagzeug klang?«

Der Junge lachte. »Beatboxen. Interessierst du dich dafür?«

Marie schüttelte den Kopf. »Nein, ich bin Tänzerin, Sängerin und Schauspielerin – na ja, zumindest werde ich es mal. Aber ihr habt schon so viel Auftrittserfahrung! Ich bin total neidisch.« Sie seufzte sehnsüchtig.

Der Junge musterte Marie, Kim und Franzi einige Augenblicke. Er schien zu überlegen. »Besucht uns morgen, wenn ihr euch traut«, sagte er. »Dann können wir zusammen trainieren. Ich heiße übrigens Jim. Meine Freunde und ich wohnen in einem alten Sommerhaus mit blauen Fensterläden in der Waldsiedlung. Das ist bei …«

»Wir wissen, wo das ist«, sagte Marie und schenkte Jim ein strahlendes Lächeln. »Und klar trauen wir uns. Bis morgen!«

Am Sonntag radelten Marie, Kim und Franzi zum Stadtrand. Sie waren schon am Haus von Maries Großeltern vorbeigekommen und am Waldkindergarten von Finn, Maries kleinem Bruder. Eine Straße führte zur

Waldsiedlung. Hier standen Ferienhäuser, die meist nur am Wochenende bewohnt waren. Obwohl sie mitten in der Natur lagen, hatten sie Zäune, kleine Gärten und Blumenkästen vor den Fenstern. Das letzte Haus der Siedlung sah im Gegensatz zu den Nachbarhäusern etwas heruntergekommen aus. Moos überwucherte den Steinweg. Die blaue Farbe blätterte von den Fensterläden. Die drei Mädchen schlossen ihre Fahrräder an den verrotteten Zaun und gingen zur Haustür.

»Soll ich klopfen?«, fragte Marie leise. Sie war etwas nervös. Schließlich besuchte sie nicht so oft coole Jugendliche, die ganz alleine im Wald wohnten und ihr noch dazu wichtige Tipps für ihren Traumberuf geben konnten.

»Ihr solltet da besser nicht reingehen«, rief plötzlich eine Frauenstimme. Die drei !!! wirbelten herum. Ein schickes schwarzes Auto hielt auf dem Waldweg. Die Fahrerin hatte das Fenster heruntergelassen. Sie war jung, trug eine Markensonnenbrille und krallte lange, goldlackierte Fingernägel um das lederbezogene Lenkrad.

»Haltet euch besser von denen da fern«, zischte sie.

»Eine Schande ist das – das Haus und die Jugendlichen«, murrte ihr Beifahrer.

Die drei !!! sahen sich an. »Vielen Dank für den guten Rat«, sagte Marie mit zuckersüßer Stimme und ebensolchem Lächeln. »Aber wir haben leider keine Zeit für einen Plausch, wir möchten jetzt unsere Freunde besuchen.« Und sie klopfte an die Haustür. Franzi musste grinsen und drehte sich weg.

Aber Kim beobachtete, wie das schwarze Auto in die Einfahrt des größten Sommerhauses der Siedlung einbog.
»1:0 für dich, Marie«, lobte Franzi und klopfte noch einmal lauter.
»Wir sind hinter dem Haus«, kam als Antwort aus dem Garten.
Die Mädchen sahen sich an, machten ein paar Schritte und spähten um die Hausecke.
»Oh, ein Märchenwald!«, entfuhr es Kim. Und das stimmte wirklich: Apfelbäume ließen ihre Äste tief über den Rasen hängen, der so hoch wuchs, dass er im Wind hin und her wogte. Die Sonne zeichnete ein Muster aus Licht und Schatten auf Jim und seine drei Freunde, die auf der Holzterrasse saßen und Pizzastücke aus einem Karton aßen.
»Hi!«, sagte Jim, stand auf und drückte Marie, Kim und Franzi kräftig die Hände. »Mögt ihr Pizza?«
»Spinnst du?«, fuhr das Mädchen im Leoprint ihn an. »Wir haben selbst kaum genug!«
Kim und Franzi sahen sich erstaunt an, aber Marie lächelte freundlich. »Keine Angst, wir futtern euch nichts weg. Ich bin Marie und das sind Kim und Franzi. Wir haben euren Auftritt gestern gesehen. Jim hat uns eingeladen, damit wir zusammen proben können.«
Das Leo-Mädchen nickte beruhigt. »Na gut. Sorry, Mädels«, sagte sie. »Ich heiße Rana. Die anderen Loser hier sind Kiki und Igor.« Sie zeigte auf die leichtfüßige Turnerin und den

Jungen in Sportklamotten, der so gut beatboxen konnte. »Dog kennt ihr ja schon.«

»Dog?«, wunderte sich Franzi. »Ihr habt einen Hund?«

»Quatsch!« Jim winkte grinsend ab. »So nennen mich die anderen, weil ich beim Breakdance manchmal so keuche. Sie finden, das klingt wie ein bellender Hund. Igor hat den Spitznamen erfunden. Er heißt eigentlich Igor Alexej. Dreimal dürft ihr raten, welchen tierischem Spitznamen ich ihm zur Strafe gebe.«

Marie, Kim und Franzi sahen sich ratlos an. »Igel?«, riet Kim. »I… A… Moment, doch nicht etwa I-A?«

Jim nickte und alle lachten laut.

»Können wir?«, fragte Rana und stand auf. »Wir proben eine ganz neue Performance: *Das Märchen der FF*. Das sind wir, *die Fairy-Tale Four*. Wir wollen damit in vier Wochen an einem großen Wettbewerb in Bremen teilnehmen. Wenn wir gewinnen, können wir vom Preisgeld eine richtig große Pizza kaufen. Und vielleicht diese verlotterte Bude von Onkel Hans ein bisschen aufhübschen.« Die anderen lachten, aber Kim, Franzi und Marie spürten, dass etwas Ernstes hinter Ranas Worten stand. Die vier Jugendlichen hatten nicht viel Geld, das sah man sofort.

»Eigentlich träumen wir alle davon, die Art Academy in Bremen zu besuchen und professionelle Künstler zu werden«, erklärte Kiki den drei !!!.

»Aber die Aufnahmeprüfung ist sehr teuer, von den Kursgebühren ganz zu schweigen.«

Die FF begannen mit dem Training. Marie, Franzi und Kim saßen auf der Terrasse und sahen zu. Rana rappte ihre Geschichte: IA, Dog, Rana und Kiki waren allein in der Welt und hatten kein richtiges Zuhause. Doch dann wurden sie Freunde, ein wenig wie Esel, Hund, Katze und Hahn im Märchen. Nun wollten sie gemeinsam die Art Academy besuchen. Kim schniefte. Es war gleichzeitig eine traurige und eine hoffnungsvolle Geschichte.

Marie hielt es nicht lange auf ihrem Platz. Sie erfand eine passende Tanzeinlage, die die vier Tiere genau darstellte. Kim und Franzi wippten im Takt, schnipsten mit den Fingern und feuerten die anderen an.

»Kiki bewegt sich so anmutig wie eine Elfe«, raunte Kim Franzi bewundernd zu.

»Und Jim ist ein richtiger Märchenprinz, oder?«, flüsterte Franzi zurück.

Kim stemmte entrüstet die Hände in die Seiten. »He, und was ist mit Blake und dir?«, wollte sie wissen.

»Mit uns ist alles in Ordnung«, meinte Franzi. »Aber die FF sind eben so richtig ... märchenhaft cool!«

Tsss«, machte Kims Mutter. »Das wird ja immer schlimmer.«

»Waaas, Mama?« Kim gähnte herzhaft. Es war Montagmorgen. Sie saß mit ihrer Familie am Frühstückstisch und war noch ziemlich verschlafen.

»Deine Zähne werden immer schlimmer!« Kims kleiner Bruder Lukas stupste seinen Zwilling Ben mit dem Ellenbogen in die Seiten. »Das hab ich eben genau gesehen.«

Während ihre Brüder kicherten, klappte Kim rasch den Mund zu. »Ihr seid echt doof«, sagte sie. »Also Mama, raus mit der Sprache. Was ist los?«

Kims Mutter faltete die Zeitung zusammen. »Vorgestern ist in der Innenstadt eingebrochen worden«, erzählte Frau Jülich. »Und das war nicht das erste Mal. Es scheint sich um eine richtige Einbruchsserie zu handeln.«

»Echt jetzt?« Kim schnappte sich die Zeitung und überflog den Artikel. »Ich muss mal kurz weg«, sagte sie, als sie fertig war, und sprang auf.

»Kim! Die Mahlzeit ist noch nicht beendet«, mahnte ihre Mutter.

»Es ist wichtig!« Kim war schon auf dem Weg in ihr Zimmer. Sie schnappte sich ihr Handy und tippte in den Chat mit Marie und Franzi:

Einbruch am Samstagabend – ausgerechnet in das Strumpfband! Die Polizei sagt: Es gab schon mehrere ähnliche Fälle.

Maries und Franzis Antworten ließen nicht lange auf sich warten.
Krass! Treffen um 3 im Lomo?, fragte Marie.
Und Franzi schrieb: *Die drei !!! haben einen neuen Fall!*

Am Nachmittag kuschelten sich Kim, Franzi und Marie in die gemütliche Sofaecke ihres Lieblingscafés. Jede hatte vor sich einen Becher mit dampfendem *Kakao Spezial*. Außerdem stand ein Teller frischgebackener Kekse auf dem Tisch. Kim hatte den Zeitungsartikel mitgebracht. Die drei steckten die Köpfe zusammen und lasen konzentriert.
»Hier steht, dass immer in die Büroräume im ersten Stock eingebrochen wurde«, sagte Marie stirnrunzelnd und nahm sich einen der Kekse vom Teller. »Das ist doch höchst seltsam, findet ihr nicht auch?«
»Und betroffen sind das *Strumpfband*, der Juwelier Goldmann und ein Handyladen namens *Connexxion*. Mensch, in all diesen Geschäften waren wir am Samstag!«, rief Kim aufgeregt.
Franzi nickte nachdenklich. »Jedes Mal wurden Geld, Handys und andere Wertsachen entwendet. Der Schaden geht in die tausende.«

Kim tippte auf eine Stelle am Ende des Artikels. »Habt ihr das hier gelesen? Die Polizei konnte keine Einbruchsspuren sichern. Das klingt ja fast, als wäre Magie im Spiel! Aber wir werden den Zauberer schon entlarven, oder?«
»Natürlich!« Franzi hob ihre Hand und sagte: »Eins!«
Marie schlug ein: »Zwei!«
Dann kam noch Kim mit »Drei!« dazu.
Zum Schluss riefen sie im Chor: »Power!!!« Das war ihr Detektivclub-Ritual, das ihnen immer Mut und Entschlossenheit brachte.

Als die Mädchen ihren Kakao geschlürft hatten, eilten sie in die Stadt, um sich die Tatorte anzusehen.

»Mist«, sagte Kim, als sie in der Räubergasse standen.

»Was ist denn?«, fragte Franzi.

Kim zeigte zum ersten Stock des Hauses, in dem das *Strumpfband* untergebracht war. »Wie sollen wir den Tatort untersuchen?«, fragte sie. »Wir können ja kaum durch den Laden nach oben in den Büroraum marschieren. Von der Straße aus ist natürlich nichts zu sehen.«

Marie sah sich um. »In den Handyladen ist auch eingebrochen worden, oder? Seht nur, neben der Ladentür ist noch ein Eingang. Sicher geht es dort nach oben.« Sie lief hin und rüttelte an der Klinke. »Abgeschlossen, war ja klar. Aber wir sollten uns trotzdem genau umsehen.«

Das taten sie. Kim nahm Fingerabdrücke vom Briefkasten und der Türklingel und klebte sie sorgfältig in ihr Notizbuch. »Wahrscheinlich bringt das nicht viel«, gab sie zu. »Die Polizei hat bereits alle Spuren gesichert. Außerdem ist der Einbruch schon ein paar Tage her. Seitdem sind sicher viele andere Menschen hier gewesen.«

Marie sah an der Fassade hoch. »Wenn wir doch nur die Rückseite der Gebäude sehen könnten!«, sagte sie. »Es könnte doch sein, dass der Täter durch einen Innenhof ins Haus gelangt ist.«

»Prima Idee«, meinte Franzi. »Mit einem kleinen Haken: Wir kommen da nicht hin. Man kann nur aus dem Inneren der Häuser in den Hof.«
Kim blätterte eine neue Seite im Notizbuch auf. »Dann lasst uns Zeugen befragen«, schlug sie vor. »Mit wem fangen wir an?«
»Mit dem Mann vom Kiosk«, sagte Marie sofort. »Der war total genervt von den FF. Vielleicht stören ihn die Zuschauer in der Räubergasse! Das könnten schließlich alles Zeugen sein und die kann er nicht brauchen.«
»Gute Idee«, meinte Kim. »Gehen wir rüber.«
Im Kiosk kaufte Marie eine Zeitung. »Bestimmt steht da etwas über die Einbrüche in der Räubergasse drin«, sagte sie beim Bezahlen zum Verkäufer.
Der Mann schnaubte genervt. »Eine Schande ist das. Ich habe einen Sicherheitsdienst engagiert, der meinen Kiosk nachts bewacht. Eine schöne Stange Geld kostet mich das!«
»Haben Sie denn nichts beobachtet?«, schaltete sich Kim ein. »Sie hätten den idealen Platz dafür, sie können alle Geschäfte sehen. Der eine Einbruch soll ...«, sie blätterte in ihrem Notizbuch, »... am Mittwochabend zwischen sieben und neun gewesen sein. Haben Sie da nicht spät geöffnet?«
»Unsinn, um die Zeit kommt kein Kunde mehr«, erwiderte der Mann heftig. »Außerdem gehe ich mittwochs immer zum Kegeln in die *Sportbar*. Was soll die Fragerei?«
»Wir sind De...«, begann Franzi, aber Kim fiel ihr ins Wort.

»Nur so. Auf Wiedersehen!«, sagte sie und zog ihre Freundinnen weiter.
»Warum sind wir denn jetzt so schnell abgehauen?«, fragte Franzi verwundert, als sie ein Stück entfernt stehen blieben.
»Weil der Mann ein Alibi hat.« Kim schrieb *Kioskmann Mittwoch Sportbar?* in ihr Notizbuch. »Wir müssen es natürlich noch überprüfen. Aber warum sollte er uns anlügen? Er wusste ja nicht, dass wir Detektivinnen sind.«
Auch die anderen Verkäuferinnen und Verkäufer in der Straße hatten nichts Hilfreiches beobachtet. Es sah wirklich so aus, als wäre der Einbrecher ein Zauberer direkt aus dem Märchen.

Überall nur Sackgassen«, sagte Kim seufzend, als sie wieder in der Räubergasse standen. »Und jetzt?«
Marie lächelte plötzlich. »Jetzt gönnen wir uns einen Auftritt der FF!«
Am Ende der Straße machten sich Rana, Kiki, Igor und Jim für ihre nächste Performance bereit. Die drei !!! stellten sich in die erste Reihe der Zuschauer und jubelten begeistert ihren neuen Freunden zu.
»Sie haben meine Tier-Choreo eingebaut«, flüsterte Marie ihren Freundinnen stolz zu. Am Ende des Auftritts klatschte sie mit am lautesten.

»Eine tolle Truppe«, sagte eine vertraute Stimme hinter den drei Mädchen. Sie wirbelten herum.
»Kommissar Peters, guten Tag!«, begrüßte Kim den Polizisten. »Was machen Sie hier?«
»Arbeiten.«
Marie, Kim und Franzi sahen sich an.
»Oho!«, machte Kommissar Peters. »Sind meine jungen Helferinnen schon in den Fall *Einbruchsserie Räubergasse* eingestiegen? Ich muss euch wohl nicht extra ermahnen, vorsichtig zu sein?«
Kim grinste verschmitzt. »Nö, müssen Sie nicht. Aber vielleicht können Sie uns ein paar Insider-Infos verraten.«
Der Kommissar schüttelte den Kopf. »Ihr wisst, dass das nicht geht«, sagte er. »Aber ihr dürft zu meiner nächsten Zeugenbefragung mitkommen. Anscheinend kennt ihr die jungen Leute ja schon.«
Neugierig folgten die drei !!! dem Kommissar zu der Bank, wo sich Rana, Kiki, Igor und Jim zwischen ihren Auftritten ausruhten. Er stellte sich vor und fragte dann alle vier nacheinander, ob sie am Samstag oder an den Tagen davor etwas beobachtet hatten, was mit den Einbrüchen im Zusammenhang stehen könnte. »Vielleicht seid ihr meine wichtigsten Zeugen«, sagte er. »Immerhin tretet ihr sehr häufig hier in der Stadt auf.«
Kiki sah aus, als würde sie in ihrem Gedächtnis kramen, sagte aber nichts. Jim und Rana blickten sich an und schüttelten die

Köpfe. Igor sagte höflich: »Wir haben nichts beobachtet, tut mir leid, Herr Kommissar. Wir sind immer voll und ganz auf unsere Auftritte konzentriert.«
»Und wenn ihr Pause macht, so wie jetzt?«, hakte der Kommissar nach.
Rana lachte und wischte sich mit einem Handtuch den Schweiß von der Stirn. »Dann sind wir zu fertig, um etwas mitzukriegen«, sagte sie. »Das ist echt ein Knochenjob hier.«
Kommissar Peters stellte noch weitere Fragen, konnte aber nichts von den vier Straßenkünstlern erfahren. Anscheinend bekamen sie von ihrer Umgebung wirklich nicht viel mit. Dann zog der Polizist etwas aus der Tasche. Marie erkannte sofort, dass es ein Haarband mit Leoprint war, wie Rana es getragen hatte. »Kennt ihr das?«, fragte Herr Peters.
»Könnte meins sein«, sagte Rana sofort. »Ich habe genau so eins letzte Woche verloren.«
»Es lag vor dem Juwelier Goldmann. Irgendeine Idee, wie es dorthin gekommen ist?«
Rana zuckte mit den Schultern. »Kann schon sein, dass ich mal ins Schaufenster geguckt habe«, sagte sie lässig. »Aber falls Sie jetzt denken, dass ich dabei einen Einbruch vorbereitet habe: Nein, habe ich nicht.«
Kommissar Peters lächelte. »Das denke ich gar nicht«, sagte er freundlich, dann verabschiedete er sich.
Gleich darauf trat noch ein weiterer Mann auf die Jugendlichen zu. Er trug eine Brille und eine Umhängetasche. »Habe

ich das richtig gehört? Ihr wisst mehr über den Einbruch beim Juwelier?«

Rana hob die Augenbrauen. »Das haben Sie falsch gehört«, sagte sie abweisend.

»Aber das Haarband …«, begann der Mann wieder.

»Haben Sie gelauscht oder was?«, fragte nun Jim.

Der Mann war kein bisschen beschämt. »Ich bin Markus Sengel, neuer Lokalredakteur bei der Tageszeitung. Interesse an einem exklusiven Interview? Das ist eure Chance, als Künstler in der ganzen Stadt bekannt zu werden.«

Ein Lächeln huschte über Ranas Gesicht. »Jetzt reden Sie vernünftig! Bei so etwas sind wir dabei.«

Franzi beugte sich zu ihren Freundinnen. »Kommt, wir gehen«, flüsterte sie. »Eine irre Chance für die FF, oder? Ich gönne es ihnen! Hoffentlich erscheint das Interview möglichst bald. Je mehr Leute bei ihren Auftritten zusehen und Geld spenden, umso schneller können sie an der Art Academy beginnen.«

Der Gedanke ließ Franzi für den Rest des Abends nicht los. Immer wieder rief sie auf dem Handy die Seite der Zeitung auf. Und tatsächlich, ihre Geduld wurde belohnt: Gegen neun Uhr ging ein neuer Artikel online. Über einem Foto von Kiki, Rana, Igor und Jim stand die Schlagzeile: *Straßenkünstler unter Verdacht*.

Als sich die drei !!! am Dienstag nach der Schule in ihrem Hauptquartier – einem alten Pferdeschuppen auf dem Hof von Franzis Familie – trafen, kannten auch Kim und Marie den Artikel bereits. Genau wie Franzi waren sie entsetzt. Der Reporter Markus Sengel hatte aus Kommissar Peters' freundlicher Befragung einen knallharten Tatverdacht gemacht. Das Haarband zusammen mit der Tatsache, dass die FF jeden Tag in der Stadt auftraten, hielt er für eindeutige Beweise, dass sie die Einbrecher waren. Einige Kommentare unter dem Artikel zeigten, dass auch andere Menschen von der Schuld der Straßenkünstler überzeugt waren.

»Das ist so gemein!«, sagte Marie. »Die Leute verdächtigen die FF nur, weil sie arm sind. Und weil sie anders sind!« Sie dachte an die Autofahrerin mit den goldenen Fingernägeln, die sie in der Waldsiedlung getroffen hatten. Warum mussten manche Menschen nur so voller Vorurteile stecken? »Die FF sind auf alle Fälle unschuldig, das weiß ich einfach!«

»Völlig unschuldig«, bestätigte Franzi.

Kim nickte. »Ich glaube das ja auch, Mädels, aber … wir sind Detektivinnen. Als solche müssen wir ermitteln und Beweise sammeln. Wir dürfen keine Verdächtigen ausschließen, nur weil wir sie mögen.«

Marie machte ein zerknirschtes Gesicht. »Du hast ja recht«, sagte sie. »Aber ich glaube trotzdem an die vier. Am besten befragen wir sie noch einmal selbst, oder?«

»Gute Idee!«, meinte Kim. »Vielleicht haben sie sich nicht getraut, Kommissar Peters alles zu erzählen, was sie wissen. Bei uns könnte das anders sein.«

»Dann nichts wie los!« Franzi war schon auf dem Weg zu den Fahrrädern.

Der Weg war mühsam, weil es ziemlich windig war. Am Waldhaus der *Fairy-Tale Four* startete gerade ein Wagen, als die drei Freundinnen endlich ankamen. Am Aufdruck auf der Seitentür erkannte Marie, dass das Fahrzeug von einer überregionalen Zeitung stammte. Ein Stück die Straße hinab ging eine Frau mit einem riesigen Fotoapparat von einem Grundstück zum nächsten, redete mit Anwohnern und zeigte dabei auf das letzte Haus in der Straße. Offenbar interessierten sich noch mehr Reporter für die FF.

Die Jugendlichen waren wieder im Garten hinter dem Haus, auch wenn es heute durch Wolken und Wind nicht so märchenhaft schön war. Jim übte Breakdance auf dem Rasen. Kiki und Igor saßen auf der Terrasse. Das Mädchen sah bedrückt aus. Igor hatte den Arm um sie gelegt. Rana ging nervös hinter den beiden auf und ab.

»Hey, ihr vier«, sagte Marie. »Sagt mal, wie geht es euch? Wir …«

»Wie es uns geht?«, fuhr Rana sie an. »Wie soll es einem schon gehen, wenn die Leute einen für Einbrecher halten? Alle naselang taucht hier ein Reporter auf und fragt, wie wir das mit den Einbrüchen gedreht haben. Kiki bekommt Drohungen aufs Handy. Und wir haben bei unserem Auftritt heute Morgen läppische 5,30 Euro eingenommen. Das reicht gerade mal für eine Kinderpizza.«

Betroffen setzten sich Kim, Marie und Franzi an den Tisch.

»Du hast Drohnachrichten erhalten, Kiki?«, fragte Kim vorsichtig.

Kiki sagte nichts, sie schniefte nur. Igor nahm ihr das Handy aus der Hand und las vor: »*Haut ab aus unserer Stadt … Wir beobachten euch … Diebesgesindel …* Und das waren nur die netten.«

»Wie gemein!«, rief Franzi. »Aber woher haben die Leute deine Nummer, Kiki?«

»Sie steht auf unserer Visitenkarte«, erwiderte die Turnerin. »Die verteilen wir, um an bezahlte Auftritte zu kommen, zum Beispiel auf Firmenfeiern und Geburtstagen.«

Marie nickte und kramte in ihrer Handtasche. »Wir haben auch eine Karte, schließlich sind wir Detektivinnen. Hier ist sie!« Doch in diesem Moment riss ihr ein besonders heftiger Windstoß die Visitenkarte aus der Hand und trug sie in den Wald. »Mist, das war meine letzte«, sagte sie.

»Detektivinnen, pah«, meldete sich Rana zu Wort. Sie stemmte die Hände in die Seiten und funkelte die drei !!! wütend an. »Wenn das echt stimmt und ihr nicht nur Räuber und Gendarm spielen wollt, dann helft uns gefälligst!«

Marie schnappte nach Luft, aber Franzi legte ihr die Hand auf den Arm. »Das haben wir wirklich vor Rana«, sagte sie mit ruhiger Stimme. »Kein Grund, uns die Köpfe abzubeißen, okay? Am besten erzählt ihr alle erst mal, wo ihr letzte Woche wart. Jeden Tag, ganz genau. Außerdem müssen wir wissen, was ihr in der Stadt beobachtet habt. Jede Kleinigkeit könnte wichtig sein.«

Rana atmete tief aus und ließ sich in einen klapprigen Gartenstuhl sinken. »Sorry, meine Nerven liegen blank«, sagte sie. »Echt cool von euch, dass ihr uns helfen wollt. Lass mal überlegen ... letzte Woche ... hm ...«

Doch es war wie am Tag zuvor mit Kommissar Peters: Die FF waren einfach keine aufmerksamen Zeugen. Sie wussten nicht genau, was sie an welchem Wochentag und zu welcher Uhrzeit gemacht hatten. Beobachtet hatten sie auch nichts.

»Bei uns läuft jeder Tag ungefähr gleich ab«, sagte Jim, der dazugekommen war. »Wir gehen in die Stadt und treten an unserem Stammplatz in der Räubergasse auf. Natürlich trainieren wir auch viel, meist hier und manchmal im Studio eines Kumpels außerhalb der Stadt. Wenn mein Auto nicht wieder den Geist aufgibt, fahren wir morgen zu ihm.«

Nach einer Stunde Fragen und Antworten war Marie, Kim und Franzi klar: Die FF hatten leider kein belastbares Alibi für die Zeiten der Einbrüche.

Bist du bereit für deinen großen Auftritt, Marie?«, fragte Kim am nächsten Nachmittag. Die drei Freundinnen waren wieder in der Räubergasse. Marie trug ein sehr schickes Kostüm und hochhackige Schuhe. Ihre Haare fielen in schwungvollen, glänzenden Wellen auf die Schultern und sie war ziemlich stark geschminkt.

»Du siehst echt aus wie 18«, sagte Franzi grinsend. »Mindestens.«

»Perfekt, dann kann es losgehen.« Zusammen mit ihren Freundinnen betrat Marie das *Strumpfband*. Sie wollten die Einbrüche unbedingt aufklären und die FF entlasten! Und das alles fing hier an.

»Guten Tag. Kann ich Ihnen helfen?« Eine Verkäuferin mit kurzen roten Haaren und rauchiger Stimme trat hinter der Theke hervor.

Marie verkniff sich ein Lächeln. Sie wurden gesiezt, das war schon mal gut! »Das hoffe ich doch«, sagte sie hochnäsig. »Ich möchte mich beschweren.«

Die Verkäuferin machte ein entsetztes Gesicht. Marie zog die Schneeweißchen- und Rosenrot-Strumpfhosen, die sie am Wochenende gekauft hatte, aus der Handtasche. Während Kim und Franzi sich im Hintergrund hielten, schauspielerte Marie so richtig drauflos: wie viel Geld sie für die feinen Stücke ausgegeben hatte und wie enttäuscht sie war, weil sie ein (von Kim erfundenes) Garn namens Feelasthan enthielten, gegen das Marie (das hatte Franzi sich ausgedacht) hochallergisch war. Die Verkäuferin bot sofort an, die Strumpfhosen zurückzunehmen, aber Marie kannte keine Gnade. Sie jammerte und schimpfte, bis die Rothaarige den Geschäftsführer rief. Der verbeugte sich vor Marie und führte sie am Arm eine Treppe hinauf. Franzi und Kim folgten.

»Bringen Sie den Damen einen Kaffee, ja, Frau Tütting? Plätzchen ... Pralinen ... bitte nur das Beste!«, rief er seiner Angestellten zu.

»Danke, aber das ist nicht nötig«, erwiderte Marie würdevoll.

Kim stöhnte enttäuscht auf.

Im Büro des Ladeninhabers im ersten Stock verhandelte Marie geschickt weiter. Franzi drückte heimlich in ihrer Tasche auf ihr Handy und rief Kim an. Als es bei Kim nun klingelte, stand die auf, murmelte eine Entschuldigung und verließ den Raum. Der Plan war aufgegangen, Kim konnte sich in Ruhe umsehen!

Sie stand auf einem engen Flur. Ein Blick aus dem Fenster zeigte ihr tatsächlich einen Innenhof. War das der Weg des

Einbrechers? Rasch pinselte sie den Fenstergriff mit Grafitpulver ein, fand aber nur ein paar unvollständige Abdrücke. Sicher hatte die Polizei das auch längst gemacht!
Hinter einer Zimmertür befand sich ein Warenlager voller Kartons und Regale. Nebenan lag eine kleine Küche mit Essecke, in der die Verkäuferin vermutlich ihre Pausen verbrachte. Kim sah sich überall sorgfältig um, spähte in Schubladen, untersuchte Fenster und machte Handyfotos. Als sie schon gehen wollte, fiel ihr in einem besonders dunklen Winkel des Flurs etwas Grünes ins Auge.

Fünfzehn Minuten später trafen sich Kim, Marie und Franzi auf einer Bank an der nächsten Straßenecke.
Marie band ihr Haar zu Zöpfen und knöpfte ihre Kostümjacke auf. Die hohen Schuhe tauschte sie gegen Sneakers. »Mist, ich bin in ein Kaugummi getreten«, murrte sie und kratzte den Schuh sauber, bevor sie ihn in eine Tüte steckte. Dann grinste sie ihre Freundinnen an. »Was für ein Auftritt! Die beiden Mitarbeiter im Laden taten mir fast ein bisschen leid.«
Kim und Franzi lachten. »Du kannst eine richtige Hexe sein, Marie«, sagte Kim. »Ich wette, sie spendieren dir als Entschädigung ein Wellness-Wochenende in einem Märchenschloss.«

»Schön wär's! Nein, ich habe einfach nur mein Geld zurückbekommen. Sie wollten mir die Strumpfhosen sogar schenken, aber das hätte ich nicht fair gefunden, schließlich ist eigentlich alles in Ordnung. Deswegen wollte ich auch kein Essen und Trinken annehmen. Sorry, Kim!«

Kim lachte. »Detektivinnenehre, ich verstehe schon. Auch wenn ich wirklich nichts gegen ein paar leckere Pralinen gehabt hätte.«

»Und was hast du herausgefunden, Kim?«, fragte Franzi.

Kim zeigte den Freundinnen ihre Handyfotos. »Nun wisst ihr, wie es da oben aussah«, sagte sie. »Und dann war da noch das.« Sie streckte die Hand aus. »Tadaaa! Unser erstes Indiz!«

»Wie bitte?« Franzi starrte auf das Tütchen in Kims Hand. Darin steckte ein grünes, labbriges Etwas. Erst dachte sie, es könnte ein Blatt sein. Doch als sie es in die Hand nahm, merkte sie: Das Ding war aus Gummi, dünn und dehnbar.

»Was ist das?«, fragte Marie. »Ein Fetzen von einer Einkaufstüte?«

»Nein, die sind doch nicht dehnbar«, widersprach Kim.

»Eine Badekappe?«

Kim lachte auf. »Wer trägt denn so was? Außerdem müsste das Gummi dafür dicker sein.«

»Und was dann?«

»Ich glaube, es ist ein Stück von einem Luftballon«, sagte Kim triumphierend. »Es lag vor der Dachbodentreppe und war in eine Ritze zwischen zwei Holzdielen gerutscht. Vielleicht klebte das Teil dem Täter am Schuh, so wie bei Marie eben.«

Leider waren Marie und Franzi deutlich weniger begeistert als Kim.

»Mmmh«, machte Franzi. »Und das soll ein Indiz für die Einbrüche sein? Luftballons sind doch etwas ganz Alltägliches. Karneval ist noch nicht lang her, da war die halbe Stadt mit Luftballons und Konfetti dekoriert. Das *Strumpfband* vielleicht auch.«

Kim machte ein enttäuschtes Gesicht. Marie stupste ihr die Finger in die Seite. »Das war wirklich ein super Einsatz, Kim«, sagte sie. »Und als Belohnung kaufe ich uns jetzt eine Packung Pralinen.«

Am nächsten Tag herrschte im Hauptquartier ziemlich dicke Luft, daran konnte auch Frau Winklers köstlicher Zitronenkuchen nichts ändern.

»Dieser Fall ist wirklich knifflig«, sagte Kim und rieb sich den vollen Bauch. »Unsere einzigen Hinweise sind Fingerabdrücke von einer Tür, durch die der Einbrecher vielleicht gar nicht gekommen ist, und ein Stück grüner Luftballon. Tolle Indizien, echt ...«

Franzi legte ihr Handy weg, mit dem sie gerade telefoniert hatte. »Kommissar Peters weiß auch nichts Neues«, berichtete sie.

»Und die FF schreiben … Oh, nein!« Marie überflog eine lange Nachricht auf ihrem Handy und wurde blass.

»Was ist?«

»Rana schreibt, dass zwar die Reporter weg sind, aber dafür kommen viel weniger Leute zu ihren Auftritten«, berichtete Marie. »Sie nehmen kaum noch Geld ein. Daher haben sie sich eine neue, coole Nummer ausgedacht: eine mit Luftballons!«

Franzi schlug sich die Hand vor dem Mund. Kim fiel die Kuchengabel aus der Hand. »Sind sie etwa doch schuldig?«, flüsterte sie.
»Nein«, sagte Marie.
»Niemals!«, meinte Franzi.
Doch die drei Mädchen sahen sich unsicher an.
»Okay«, sagte Kim. »Jetzt mal ganz ruhig und vernünftig. Wir müssen logisch vorgehen. Erstens ...« Sie streckte den Daum hoch. »Welche Verdächtigen haben wir?«
»Keinen einzigen«, sagte Marie. »Ich könnte mir vorstellen, dass hier eine professionelle Bande am Werk ist, die keine Spuren hinterlässt.«
»Schade, dass es nicht der Mann vom Kiosk sein kann«, meinte Kim. »Er war so brummig! Aber sein Alibi in der *Sportbar* haben wir überprüft, es stimmt.«
Franzi zuckte mit den Schultern. »Mir kam eher Markus Sengel, der Reporter, verdächtig vor. Der war doch von Anfang an gegen die FF. Vielleicht braucht er verzweifelt eine tolle Story! Da begeht er die Einbrüche, über die er dann berichten kann, eben selbst.«
Kim schrieb alles in ihr Notizbuch. Dann streckte sie den Zeigefinger hoch. »Zweitens: Welchen Tatort untersuchen wir als Nächstes und wie? Marie kann ja nicht in jedem Laden die zickige Kundin geben.«
Marie und Franzi kicherten. »Welche Tatorte gibt es noch mal?«, fragte Franzi.

Kim schob ihr das Notizbuch hin. Darin war eine Zeichnung der Räubergasse und aller Tatorte. »Das *Strumpfband*, Juwelier Goldmann und der Handyladen *Connexxion*«, sagte sie und zeigte darauf.

»Ich werd verrückt!«, sagte Franzi plötzlich.

»Bist du doch schon«, meinte Kim augenzwinkernd.

»Haha«, machte Franzi, ohne zu lächeln. »Im Ernst: Die Tatorte liegen alle auf der gleichen Straßenseite, sogar fast nebeneinander. Das kann doch kein Zufall sein!«

Kim verstand sofort. »Der oder die Täter brechen also immer in dieselbe Häuserreihe ein?«, überlegte sie. Marie zwirbelte aufgeregt eine Haarsträhne um ihren Finger. »Dann gibt es aber noch zwei Läden, die in Gefahr sind: die Buchhandlung *Bücherhimmel* und das Taschengeschäft *Tragbar*. Wir müssen die Geschäfte beobachten. Tag und Nacht!«

»Endlich ein Plan!«, jubelte Franzi, aber Kim blieb ernst. »Das geht doch nicht«, wandte sie ein. »Wir können nicht nachts in der Fußgängerzone rumhängen, das erlauben unsere Eltern nie.«

Doch Marie grinste immer noch und zählte wie Kim an den Fingern ab. »Erstens muss der Täter vorher ja vielleicht noch etwas auskundschaften. Bei Tageslicht. Dann sind wir vor Ort.«

»Und zweitens?«

»Zweitens müssen wir nicht alles selbst machen«, sagte Marie. »Wir holen uns Hilfe.«

Sofort fuhren Franzi, Kim und Marie mit den Rädern in die Innenstadt. Marie und Franzi eilten zu den *Fairy-Tale Four*, die gerade eine tolle Vorstellung gaben. Doch leider waren nur sehr wenige Zuschauer da und Jims Cap blieb fast leer.

Kim machte einen kleinen Umweg, um noch einmal die Häuserzeile mit den Tatorten anzusehen. Wo würde der nächste Einbruch stattfinden? Vielleicht im *Bücherhimmel* oder im Taschengeschäft? Plötzlich klappte Kim der Mund auf: In einem Schaufenster der Buchhandlung lagen lauter Märchenbücher. Auf den Titeln waren Feen, Elfen, Zwerge und Prinzessinnen abgebildet. Die Verkäuferin Frau Wolf, die die drei !!! schon von ihrer Zeugenbefragung kannten, war gerade damit beschäftigt, Dekoration anzubringen: Kunstblumen, Zweige mit Blättern, rosa Wattebäusche und Luftballons. Das Ganze sah aus wie ein verspielter Märchenwald. Einige der Luftballons waren grün.

Kim eilte zu ihren Freundinnen, doch sie kam gar nicht zu Wort, denn Franzi und Marie waren in ein Gespräch mit Jim, Rana, Kiki und Igor vertieft.

„Wir haben ihnen gerade alles erzählt«, flüsterte Franzi Kim zu. »Also«, sagte sie dann laut. »Helft ihr uns, die beiden Geschäfte im Auge zu behalten?«

Rana nickte. »Klar! Wir zeigen allen, dass wir unschuldig sind.«

»Nur morgen früh geht es nicht«, warf Jim ein. »Da trainieren wir wieder im Studio von meinem Kumpel. Mein Auto ist repariert, wir können also hinfahren.«

»Oh, musstet ihr das Training dort aussetzen?«, fragte Marie mitfühlend. »Weil das Auto kaputt war?«

Kiki lächelte. »Ja, aber wir sind dann mit dem Bus gefahren«, sagte sie und wühlte in den Taschen ihrer Sporthose. »Ich habe sogar die alten Tickets noch. Wieso wollt ihr das wissen?«

Marie riss Kiki die Tickets aus der Hand. »Das war letzten Mittwoch«, sagte sie. »Hinfahrt um halb elf, Rückfahrt abends um neun. Kim?«

»Häh?«, machte Kim.

»Wann fanden die Einbrüche statt?«, fragte Marie.

»Ach so!« Kim sah in ihrem Notizbuch nach. »Mittwoch … Ja, hier! Der Einbruch im *Connexxion* war am Mittwochabend zwischen sieben und neun Uhr.«

Nun begriff auch Franzi. »Ihr habt ein Alibi, ihr wart es nicht!«, jubelte sie.

»Ach nee«, sagte Igor trocken. »Das haben wir ehrlich gesagt auch schon gewusst.«

Marie zog ihr Handy hervor. »Aber jetzt weiß es gleich auch Kommissar Peters. Eure Zuschauer werden in Scharen zurückkommen.«

»Hoffentlich«, sagte Jim und machte einen Handstand.

Als Marie mit Telefonieren fertig war, zog Kim ihre Freundinnen zum Schaufenster der Buchhandlung. »Grüne Luftballons«, flüsterte sie. »Hier und oben im *Strumpfband*. Zufall oder nicht?«

»Ist Frau Wolf die Täterin?«, fragte Franzi leise. »Heiße Spur, Kim. Super gemacht!«

Marie überlegte einen Moment. »Wartet hier«, sagte sie dann. »Es ist wieder Zeit für einen Auftritt von Marie Grevenbroich!« Sie verschwand im *Bücherhimmel* und kam fünf Minuten später mit einem Buch über berühmte Detektivinnen zurück.

»Hast du keine Lust mehr aufs Ermitteln?« scherzte Kim.

»Und ist das Buch giftig? Oder warum hältst du es zwischen den Fingerspitzen?«, fragte Franzi augenzwinkernd.

»Weil da Frau Wolfs Fingerabdrücke drauf sind und ich sie nicht verwischen möchte«, sagte Marie stolz. »Los, Kim, da oben am Rand muss einer sein.«

Mit ihrem Grafitpulver hatte Kim den Abdruck schnell sichtbar gemacht. Sie nahm ihn mit Klebeband ab und befestigte ihn neben den anderen Abdrücken in ihrem Notizbuch. Leider stimmten sie nicht überein. »Trotzdem kann das noch nützlich werden«, sagte Kim.

Marie lächelte. »Ich habe mich auch mit Frau Wolf unterhalten. Sie ist eigentlich sehr nett, überhaupt nicht wie eine böse Hexe. Sie liebt sogar die FF und verpasst kaum einen ihrer Auftritte.«
»Das ist doch bestimmt alles nur gespielt«, meinte Kim sofort. »Sie will die vier als Sündenböcke in der Nähe haben, wetten?«
Die drei !!! sahen sich an. »Das wäre aber megafies«, fand Franzi.
Kim nickte. »Einbrechen ist aber auch nichts für Schneewittchen, sondern eher für die böse Stiefmutter.«

Die drei !!! und die FF waren sich einig, dass der nächste Einbruch am Abend kurz nach Ladenschluss stattfinden würde, so wie die letzten Einbrüche auch. An diesem Abend blieben Rana, Jim, Kiki und Igor daher extra lange in der Stadt, doch es tat sich nichts.
Am Freitagabend durften auch Marie, Kim und Franzi ein wenig länger von zu Hause wegbleiben. Um sieben trafen sie sich in der Fußgängerzone. Um diese Zeit war hier nicht mehr viel los. Die Geschäfte schlossen nach und

nach. Die Menschen gingen nach Hause oder in die Bars und Restaurants in belebteren Vierteln der Stadt.

Die FF standen an ihrem üblichen Platz und trainierten ihre menschliche Pyramide: die Nummer, bei der sich Kiki auf Ranas Schultern und Rana auf die Schultern von Igor und Jim stellte. Die drei !!! sahen ihnen dabei zu.

»Bis morgen!«, rief Marie laut.

»Tschü-hüs!«, verabschiedete sich Franzi.

Kim winkte auffällig. Die drei marschierten um die nächste Straßenecke – und hielten an. Schnell zog Marie ihren Taschenspiegel hervor. Den hielt sie unauffällig um die Hausecke. »Perfekt, so haben wir alles gut im Blick.«

»Und Beweise sichern können wir auch«, sagte Kim und steckte ihr Handy auf einen Selfiestick, den sie ebenfalls um die Hausecke schob. »Ich filme alles, was passiert. Falls noch jemand die FF verdächtigen will oder ein Täter flieht oder sonst was ...«

Franzi und Marie wechselten sich mit dem Spiegel ab. Sie konnten sehen, wie die *Fairy-Tale Four* ihre menschliche Pyramide übten. Dabei bewegten sie sich wie zufällig durch die Räubergasse. Zuerst bauten sie den Turm vor dem Juwelier Goldmann. Dann kletterte Kiki vor der Buchhandlung auf Ranas Schultern. Als Nächstes war der Handyladen dran, dann das *Strumpfband* und zuletzt noch einmal der Handyladen.

»Wer die vier beobachtet, denkt, dass sie einfach nur in ihr Training vertieft sind«, meinte Marie.

»Aber in Wirklichkeit sind sie total gewitzte Ermittler«, sagte Kim anerkennend. »Kiki kann von da oben in alle Fenster im ersten Stock sehen. Perfekt!«

Noch mehr Zeit verging. Franzi, Marie und Kim beobachteten nicht nur die Straße, sondern auch ihre Straßenkünstler-Freunde genau. Schließlich fiel Franzi etwas auf. »He, schaut mal, vor diesem Haus stehen sie jetzt schon eine ganze Weile«, flüsterte sie mit dem Spiegel in der Hand. »Dort ist das Taschengeschäft. Kiki filmt mit ihrem Handy und sieht ziemlich aufgeregt aus.«

Nun schoben auch Kim und Marie neugierig ihre Köpfe um die Ecke. Sie sahen, wie Kiki jubelnd die Faust in die Höhe reckte und einen Schrei ausstieß. Er klang schrill, fast wie von einem Hahn. Dann kletterte sie flink wie ein Wiesel von Ranas Schultern und auch die landete wieder auf dem Straßenboden. Die drei !!! hielt es nicht mehr in ihrem Versteck und rannten zu ihren Freunden.
»Wir haben eine Frau entdeckt«, erzählte Kiki. »Sie ist ins Taschengeschäft eingebrochen. Weiß der Himmel, wie sie das geschafft hat, aber es ist so. Ich habe alles gefilmt!«

Wenige Minuten später war Kommissar Peters vor Ort. Zusammen mit Kim, Marie und Franzi sah er sich Kikis Video an.
Zuerst waren darauf nur die leeren Büroräume der anderen Geschäfte zu sehen, dann erschien das Büro über dem Taschenladen. Am Schreibtisch saß Frau Wolf vom *Bücherhimmel* und durchsuchte die Schubladen. Sie hatte bereits eine Geldkassette sowie mehrere dicke Brieftaschen gefunden und vor sich aufgestapelt.
Dann hörte man Kikis Hahnenschrei. Die Frau schreckte auf und wurde kreidebleich. Kein Wunder, es war bestimmt sehr unheimlich, wie Kiki dort oben durch das Fenster guckte.

»Ein Gespenst, Hilfe!«, rief die Täterin erschreckt, ließ ihre Beute liegen und rannte davon.

Leider war die Buchhändlerin nicht in ihrem Laden. Kommissar Peters verständigte seine Kollegen, die Frau Wolf in ihrer Wohnung aufsuchten.

»Sie haben sie«, berichtete der Kommissar bald darauf. »Sie hat alles gestanden. Kein Wunder, euer Beweisfilm ist wirklich eindeutig. Gut gemacht!«

»Danke, ihr vier«, sagte Marie zu Kiki, Rana, Jim und Igor. »Ohne euch und eure besonderen Talente hätten wir es niemals geschafft.«

Kiki lachte stolz. »Vielleicht sollten wir unseren Berufswunsch doch noch einmal überdenken. Wir könnten Detektive werden.«

»Oder professionelle Gespenster«, sagte Kim lachend. »Die Täterin hat euch jedenfalls für eins gehalten.«

»High Five!«, rief Jim und alle klatschten miteinander ab, sogar mit dem Kommissar.

»Soso«, sagte da eine Stimme. »Die zwielichtigen Straßenkünstler in Gesellschaft der Polizei. Was wird euch denn nun wieder vorgeworfen?« Es war Markus Sengel, der Zeitungsreporter mit der Brille. Er zückte sein Tablet und war bereit, sich Notizen zu machen.

»Gar nichts«, erwiderte Marie. »Die FF sind unschuldig und wurden auch nie verdächtigt. Aber Sie können jetzt wirklich einen tollen Artikel über die jungen Künstler schreiben, damit wieder mehr Leute zu den Vorstellungen kommen.«

»Und was habe ich davon?«, fragte Herr Sengel.

»*Zwei* neue Artikel«, sagte Marie. »Für den zweiten berichten wir Ihnen exklusiv von unseren Ermittlungen. Wir sind nämlich Detektivinnen.« Und sie überreichte ihm lächelnd eine neue Visitenkarte. »Bei diesem Fall dreht sich alles um eine dreiste Einbrecherin, vier begabte Straßenkünstler und ein märchenhaftes Schaufenster. Ein Luftballon war übrigens unser erster Hinweis auf die Täterin ...«

Wer sind wir?«, rief Rana.

»Wir!«, antworteten Kiki, Igor und Jim.

»Wo sind wir?«

»Hier!« Marie, Kim und Franzi fielen lauthals und begeistert ein.

»Wie sind wir?«

»Frei und frech – wir sind FF!«, riefen alle zusammen.

Die drei !!! klatschten begeistert, genau wie Franzis Eltern und ihre große Schwester Chrissie. Sogar Pony Tinka wieherte, als es den lauten Jubel hörte.

Die FF gaben an diesem Nachmittag eine Vorstellung auf dem Hof der Winklers. Franzi und Chrissie hatten Decken auf den

Rasen gelegt, auf dem alle picknickten. Franzis Mutter hatte Bremer Wickelkuchen gebacken. Darauf stand in Schokoschrift: *Viel Glück in Bremen*. Marie, Kim und Franzi strahlten sich an. Sie hatten nicht nur einen Fall gelöst, sondern auch märchenhaft coole Freunde gefunden.
»Eins verstehe ich nicht«, sagte Kim, als alle satt waren. »Wie ist die Buchhändlerin eigentlich in die Geschäftsräume ihrer Nachbarn gelangt? Kommissar Peters hat doch gesagt, dass es an Türen und Fenstern keinerlei Einbruchsspuren gab.«
»Das kann ich euch erklären«, sagte Igor, der neben ihr saß. »Die Häuser in der Räubergasse sind alle ziemlich alt. Sie sind gleichzeitig gebaut worden und der Dachboden geht deswegen über allen Häusern komplett durch. So war es billiger, weil man keine Zwischenwände bauen musste. Die meisten Mieter und Hausbesitzer haben davon heute absolut keine Ahnung. Aber Frau Wolf hat es gewusst. Sie ist über den Dachboden ganz einfach in die anderen Häuser spaziert. Die alten Schlösser der Dachbodentüren zu knacken, das war sicher nicht schwierig.«
»Woher weißt du das, I-A?«, fragt Jim erstaunt.
Igor grinste. »Ich habe vor ein paar Jahren ein Schulpraktikum bei einem Architekten gemacht. Architektur war mal mein Traumberuf. Aber dann habe ich mich in einer Märchenwelt verlaufen. Einer

Märchenwelt mit einer traumhaft schönen Fee.« Er blickte Kiki verliebt an und gab ihr einen Kuss.

»Och, wie romantisch!«, sagte Franzi seufzend und dachte an Blake, ihren eigenen Märchenprinzen.

Rana zeigte entrüstet auf Jim und sich. »Und was ist mit uns?«

»Ihr gehört auch in meine Märchenwelt«, meinte Igor. »Jim ist Rumpelstilzchen und du einer von den sieben Zwergen.«

»Na, warte!« Jim gab Igor einen scherzhaften Klaps gegen den Arm.

»Wieso beschwerst du dich? Immerhin konnte Rumpelstilzchen super tanzen.«

Die *Fairy-Tale Four* sahen sich an und fingen an zu lachen.

Kim blinzelte ihren Freundinnen zu. »Das klingt wirklich wie ein modernes Märchen«, sagte sie. »Die *Fairy-Tale Four* – die vier aus dem Märchen – lebten glücklich bis ans Ende ihrer Tage. Und wenn sie nicht zu berühmt geworden sind, dann performen sie noch heute.«

Es war einmal eine Autorin, die ein geheimnisvolles altes Schlösschen an einem Weiher besuchte. Als sie abends den merkwürdigen Gesang der Frösche hörte, wusste sie, dass sie darüber schreiben musste. So geschah es dann auch. Und wenn sie mit dem Geschichtenschreiben nicht aufgehört hat, dann schreibt **Kari Erlhoff** noch heute.

Jule Ambach ist dort aufgewachsen, wo auch die Gebrüder Grimm lebten. Dort fühlte sie sich manchmal wie in einem Märchen, denn den Rapunzelturm gibt es wirklich. Für Jule Ambach ist klar: Die drei !!! müssen nicht erst auf den rettenden Prinzen warten – sie überwinden ganz allein jedes turmhohe Hindernis!

Ann-Katrin Hegers Lieblingsmärchen war schon immer Hänsel und Gretel. Es enthält nämlich alle Zutaten für einen nervenzerfetzenden Krimifall: das Böse in Gestalt einer Hexe, Lebensgefahr (mehrfach!), Spannung, Klugheit, Zusammenhalt … und ein ganzes Haus aus Lebkuchen und Zuckerzeug. Was will man mehr?

Immer wenn sie das alte Märchenbuch ihrer Großmutter aufschlug, war **Kirsten Vogel** fasziniert von Rotkäppchens Mut. Denn sie ist auf dem Land aufgewachsen und kennt das Gefühl, alleine durch den dunklen Wald laufen zu müssen. Die drei !!! sind für sie moderne Rotkäppchen, denn sie gehen mutig durch das Leben und besiegen so immer wieder den hinterlistigen Wolf.

Anne Scheller ist seit 2008 Autorin und schreibt alles, was man für Kinder zwischen Buchdeckel pressen kann. Märchen dürfen da nicht fehlen. Marie, Kim und Franzi findet sie märchenhaft, weil sie ein Herz für alle haben, die ihre Hilfe brauchen. Das gilt für die vier Bremer Stadtmusikanten genauso, wie für die jugendlichen Außenseiter Fairy-Tale Four.

Streng geheim!

Entdecke das Rätsel der verschlossenen Seiten in den Geheimbüchern! Öffne sie und erhalte wichtige Hinweise zur Lösung des Falls.

Auf Reisen

Entdecke die coolsten Metropolen Europas! Kim, Franzi und Marie erleben dort spannende Fälle und geben dir außerdem Sightseeing-Tipps.

Mission: Lesen lernen! Die drei !!! helfen dir

Lesen lernen ist schwer? Nicht mit diesen spannenden Detektivgeschichten! Fesselnde Fälle, knifflige Rätsel und viele bunte Bilder helfen dir und machen ganz viel Spaß!

kosmos.de

Bildverzeichnis:

Shutterstock: Bäume (Cover, S. 7, 49, 93, 134, 178) KENG MERRY paper art; Frosch (Cover) KatarinaF; Kaffeekanne (S. 64) vallustrationstudio; Brunnen (S. 24, 35) lgn; Kutsche (S. 38 f.) elmm; Pilze 1 (Cover, S. 41, 223) Ann Baker; Baumstumpf (S. 43, 64, 121, 135, 161, 171) PopDot; Rotkäppchen (S. 139) Norbert9; Hexe (S. 126, 213) Norbert9; Hänsel und Gretel (Cover, S. 100) Norbert9; Kekse (S. 94, 110 f., 191) vectortatu; Turm (S. 56, 85, 90, 221) Vector_up; Pilze 2 (S. 93) Ann Baker.

Vecteezy.com: Eule 1 (Cover, S. 134); Gras (S. 5, 12 f., 34 f., 84 f., 87, 90, 106 f., 134, 157, 169, 185 f.); Schmetterling (S. 5, 20 f., 26, 38, 49, 143 f., 168, 174, 197, 222 f.); Igel (Cover, S. 5, 52); Reh (Cover, S. 49); Gräser 1 (S. 16 f., 20); Frosch 1 (S. 7, 17); Frosch 2 (S. 12, 222); Eule 2 (S. 5, 25, 223); Gräser 2 (S. 19); Gräser 3 (S. 21, 36, 47); Fuchs (S. 22, 153); Frosch 3 (S. 23, 34); Hase (S. 32); Eichhörnchen (S. 7, 43, 135, 161, 171); Katze (S. 178, 182 f.); Tasse (S. 192, 202); Wolf (S. 145 f.); Schnecke (S. 167); Rose (S. 179 f.); Noten (S. 181); Maus 1 (S. 122); Maus 2 (S. 93, 130); Maus 3 (S. 131), Maus 4 (S. 133); Maus 5 (S. 121); Baum (S. 113); Tannenbäume (S. 101); Haselnuss (S. 104); Zwerg (S. 210); Hahn (S. 178, 217, 221); Dachs (S. 93); Specht (134).

Freepik.com: Schmetterlingswiese (S. 58 f., 69, 118, 158 f., 102); Huhn (S. 60, 63, 194); Küken (S. 63); Schloss (S. 10); Kronleuchter (S. 14 f.); Tannenbaum (S. 22, 27, 40, 45, 142, 147, 175, 201); Hund 1 (S. 178, 187); Wolf 1 (S. 134, 148 f., 155 f., 177); Wolf 2 (Cover); Hexe (Cover); Teller (S. 108 f.); Vogel 1 (S. 75); Hund 2 (S. 78, 81, 83); Gräser 1 (S. 86, 89, 176); Vogel 2 (S. 91, 112); Mohn (S. 53); Gräser 2 (S. 53); Gräser 3 (S. 54 f., 60 f., 70 f., 132 f., 138 f., 166 f., 194 f., 200 f., 216 f., 221, 222 f.).

AdobeStock: Pferd (S. 67, 220, 219) askaja; Prinzessin (S. 28) askaja; Tanne mit Eule (S. 31, 72, 74, 80, 115 f., 125, 151, 164 f., 198 f.) askaja; Bremer Stadtmusikanten (S. 178, 188, 214) askaja; Holzhütte (S. 137, 169) askaja; Lebkuchen (S. 96 f., 98, 120, 122) askaja; Lebkuchenhaus (S. 103, 119) askaja; Zopf (S. 92) Kreatiw; Rapunzel (S. 56) askaja; Eule (S. 198) askaja.

Creativmarket: Vogel 1 (Cover, S. 9, 76, 222) Nicky Laatz; Vogel 2 (Cover, S. 3) Nicky Laatz; Frosch (S. 34, 48) Nicky Laatz; Vogel 2 (S. 7, 46, 163) Nicky Laatz; Blätter (S. 8–220) Nicky Laatz.

Nakischa Scheibe: Blätter (S. 8–223); Luftballon (S. 206, 208); Ast (S. 5, 8, 54, 65, 77, 105, 129, 163, 184, 211, 223); Mond (S. 29, 44, 154, 221); Halbmond (S. 33, 79); Konfetti (S. 205 f., 209); Mauer (S. 76); Bonbon (S. 140 f.).